楚尘
文化
Chu Chen

北京楚尘文化传媒有限公司 出品

# Milly的京都私路

Milly 著

中信出版集团 · 北京

# 目录

KYO

TO

# 前　言

当秋天的脚步愈来愈近的时候，日本的杂志开始京都一色起来。
几乎每一本情报志或是流行志，都开始做起京都的专题，也难怪，毕竟枫红秋色的京都是最美的。

长年来，京都都占据日本人向往旅行地的第一位。
但是像 Milly 这样的旅人，却依然未能了解京都的魅力在哪。
不是不认同，而是不知道从哪里着手，才会让自己更正确地介入京都，才能发现所谓京都真正的魅力，除了千年古都的寺庙之外。

于是这次出发去京都之前，Milly 阅读了很多以日本人角度写的京都游记和博客，同时很认真地事先阅读京都地图，希望 Milly 这个路痴能在减少迷路的情况下，多些适合京都的悠闲。

但即使如此，说真的，出发之前，也只是比较清楚这次的旅行主题不是以寺庙为主，而是以消费寺庙周边的京情绪为主题，除此之外，Milly 依然不是很清楚自己该以怎样的角度切入京都。

终于，在京都的旅路中途，在诗仙堂回廊看着雨中的庭院时，Milly 似乎才知道了，原来是年龄。
最确切地让自己融入京都的愉悦途径，原来是年龄。
随着年龄的增长，抓到自己年龄和心境该有的节奏和体验，如此就可以更加愉快和深刻地去品味京都。

的确京都是要品味的，而不单单是经验过就好。

去品味那京都的风情，京都的风格，京都的风物，京都的风华，甚至更暧昧华丽的京都风月事情。

以日本人来说，第一次的京都体验多半来自学校的旅行，高中或初中。
行程是清水寺、岚山、金阁寺，踊跃地买着父母交代要买的京都名产，然后挤在新京极商店街上买着新选组的纪念品。
二十多岁时，或许是跟着恋人一起来，关心的是身边人而非景致。
三十岁或许会因为工作上的疲累或是情感，只想在京都淡季的宁静中，找到疗伤的空间。
之后，一个女子迈入四十，脚步缓和了，心情意外平稳，一些原本没有感觉到的京都的奥和里，也开始有兴致和气度想去体验。

不同的季节，不同的节庆之外，京都有着不同的表情。
Milly 更意会到，以不同的年龄来介入京都，也会看到京都不同的面貌。
哪个才是真正铭味的京都，答案在一次次的京都体验中更改。

旅途中有着古老的京都，以及融入在古老京都中的新的京都。

如果你跟Milly一样已经是第三次以上的京都行，或是你有着想了解京都魅力的野心，甚或是你刚好是Milly这样的年龄……

Milly企图经由这次大约十天的京都旅程，跟你分享一个大人的京都，也是一个在导游书之外的情绪京都本。

没有过多的既定，依然是散步的节奏。

原本可以更随性，但为了能让那接近恍惚的京都度过十日愉悦的时光，也能归纳成可以依附的主题，还是列出了一些小标题来指引。

京是京都，只是京都，京都唯一。

京情绪是主轴，然后以京模样、京咖啡、京料理、京杂货、京暮色、京川岸、京态度、京町家、京私路等等，来归纳分享Milly的这次京都体验。

# 京模样

Kyoto

京都的颜色，京都的方位，京都的厚度，京都的距离，京都的表情。
在出发品味之前，先用这些切面来尝试给京都定位。

# 京 都 的 颜 色

时间是有重量的，都沉淀在那些京都寺庙的木头中。

Milly 喜欢用手去触摸那些古寺名刹的山门和墙面，摸索着那些沉淀在木头颜色中的岁月痕迹。

或是脱了鞋子，光着脚走在寺庙地板回廊时，脚底的触感，也会轻易让Milly感动着。

据说日本的寺庙概念多是来自唐朝，因此在京都老松围绕的质朴古庙中沉浸时，自己好像找到了我们的祖先也曾有的美学过去。

时间是有重量的，Milly 喜欢有重量的颜色。

颜色在京都的景致里，是寺庙木柱油亮而沉稳的木色，是神像被油香熏染的铜黑色，

是石墙上被水滴岁月侵蚀下的斑斓，是转入巷道里那融入暮色、老屋那恍如时光停滞的昏黄。甚至是前往观光地时，那公交车椅垫中褪色的朱红色。

京都的模样，在千年百年时光的渲染下，有着美好的颜色。

# 京都的方位

已经决定不要依赖自己的方向感，如果去京都旅行。
就麻烦些，带着地图指引一流的 *Meets* 杂志前去。
实际上，Milly 这次带了四本杂志推荐的京都消费地图别册，来试图驯服京都。

毕竟对于东南西北完全没辙的 Milly 来说，还是不能轻易相信自己。
尤其是京都的地址，很优雅地微妙着。

以为每一个古老有历史的城市，都有一些接近乖僻的企图，去坚持一些过往的低调和优雅，诸如伦敦、巴黎、北京，自然京都也是这样。
因此毫不怀疑，京都连地址也可以如此优雅。

要跟京都的地址游戏，首先要认识“上ル”“下ル”“西入ル”“东入ル”，这四个指示。
例如，印在一泽帆布店上的地址是“京都市东山区知恩院前上ル”，至于二○○六年四月六日因为兄弟之争被迫改名重新开张的一泽信三郎帆布店，官方网站显示地址则是“京都市东山区知恩院前上ル东侧”。

以前看见那个“知恩院前上ル”的字样，以为只是传统的延续，用旧写法的地址来印在帆布包上。
这次因为要出发去京都，翻了一些资料，才意外发现，即使是现在的京都，地址还是沿用旧时的方式，而不是跟东京一样用路段巷弄。

所以要依照京都的地址循线找地点，就要先认识什么是“上ル”“下ル”“西入ル”“东入ル”。

“上ル”是向北走。
“下ル”是向南走。
“西入ル”是向西走。
“东入ル”是向东走。

因为京都就像北京一样，城市建筑是棋盘状，整齐方正、纵横交叉，所以讲哪条路跟哪条路交叉，是最清楚的指示方式。
例如，“京都中京区河原町四条上ル”，就是河原町街道和四条通大道的交叉口向北走的意思。
更清楚地说，京都市政府的官方地址是“京都市中京区寺町通御池上ル上本能寺前町 488 番地”，“上本能寺前町”是土地登记上正式的区域地点，加上“寺町通”则是京都的习惯，表示出市政府所在位置面对的马路是“寺町通”，而“寺町通り御池上ル”，就是“寺町通和御池通的交叉点向北走的地方”。

寺町通风景之一

寺町通风景之二

然后以棋盘状思考，三条四条之类附上条字的大马路，几乎都是平行的横线（以京都车站为目标？），而河原町、御幸町之类附上町字的街道，则是纵线的垂直线。据说，如果知道这个大原则，就比较能在京都看地址或是问路。

只是像 Milly 这样东西不分南北不了的方向白痴，依然是完全投降，经验上是按照地图找最安心。

此外，这次每天日夜在京都游晃，发现一个更清晰的方式，就是一条街一条街地走，别管岔路，不受旁边巷弄的诱惑，先一条直线地从有限的街头走到街尾，是一种有些笨但最容易熟悉京都的方式。

意思就是说，如果要去清水寺、金阁寺等观光地，清楚的巴士指引比地图重要，但是如果在寺庙之外，想去消费一下市区和周边的京情绪（例如，某些京町家咖啡屋），就会建议先以最直接简单的方式去走完一条街道，再回头走旁边的另一条街道，这是弄懂京都的快捷方式之一。

举例来说，走遍一寺町通，悠闲一些也不过三十至五十分钟上下。
京都意外地大且复杂，却也意外地集中完整。
只是同时要提醒，不是说要无限制地从街头走到街尾，而是以比较集中的商圈大约画一个正方形，在范围内从街头到街尾。

寺町通风景之三

像要走遍寺町通，Milly 就是以寺町通商店街上的 Smart 咖啡屋为起点，顺着路走下去，马上就可以看见京都文具老店鸠居堂，然后穿过大马路御池通看见建筑古雅的京都市政府，继续沿着寺町通迈进，会看见一间挂着大吉木牌的古董屋和茶房，接着看见卖鳗鱼押寿司的老店末广，对面就是老铺一保堂茶铺和纸司柿本。

同样的，可以走遍姉小路通、三条通、锦小路通、丸太町通、木屋町通……如此横线纵线走一遍，你就可以制霸寺庙之外的京都精华。

技巧固然重要，好心情和好奇心更是绝对的配件，这点不要忽略喔。

# 京都的距离

京都只有两条地铁线，一条是乌丸线，一条是东西线。

Milly 以为京都的地铁站名很美丽又发音好听，尤其是东西线东山站之后。
蹴上—御陵—山科—东野—椥辻—小野—醍醐—石田—六地藏。
另外，好听的站名有京阪电铁的墨染、深草，京福电铁的山之内、车折，以及鸣泷车站，等等。

然后京都有十一个区，除了山科区和伏见区外，都是以上下东西左右区分，很有意思。
左京区，右京区，上京区，中京区，下京区，东山区，西京区，南区，北区。

同时分为洛中和洛外，洛中就是指上京区、中京区、下京区，洛外就是洛中区的外缘。
洛就是“都”的古称，现在则专指京都。

然后有时候看数据说什么洛南洛北，又是指什么区?

原来，洛东和东山是指左京区银阁寺一带至东山区。
洛北和北山是指上贺茂区至北大路通一带。
洛西和西山是指左京区、右京区一带和岚山区域。
洛南则是指京都线和琵琶湖线以南的区域。

但是如果以这类区域来规划路线，外地旅人还是会摸不着头绪，所以最好的路线，建议还是以大型寺庙来规划。

例如，以金阁寺周边 / 岚山周边 / 祇园八坂神社周边 / 银阁寺南禅寺周边 / 一乘寺周边 / 清水寺周边 / 京都御苑周边来区隔。

# 京都的厚度

一百年两百年以上的老铺，京都比比皆是。
更别说是一些寺庙，几乎都有千年以上的背景。
大家熟悉的龙安寺，就是一四五〇年创建的。
清水寺更是在七七八年建立，只能说厉害。

这么一座城市，被这样完整地保留下来，真是幸福。
同时体认到京都果然不是那么容易驯服的地方！

在找京都的数据时，一些餐厅、季节便当或是体验，常看见这样的备注。

“予约ベター”，最好先要预约。
“予约のみ”，只接受预约。
“前日まで予约”，一日前可预约。

Milly这时就会有“さすが京都”（果然是京都啊）的哀叹。

当然预约是服务态度的展现，希望控制人数保证质量，希望客人拿到手上一定是精心的商品，或是单纯因为限量。
也不是不能打电话去事先预约，可是一个旅人在路上，不是当地的居民总是有些束手束脚的感觉。

而且 Milly 是一个人在旅途上，难度就更高了。
有些行乐季节便当不但要预约，而且还要四人以上，真的是一个人的旅行者继续被歧视着。

只是也不用先泄气，其实去除了必须事先预约的门槛，京都还是有足够的情绪消费空间，让你的京都行充满愉悦。

懊悔的反而是时间不够，恨不得就住在京都。
毕竟，以为已经装了满满的幸福回到台北，翻翻资料，品味的京都还只是部分。
只能说京都比想象中更丰富，而且愈挖得深，愈容易沦陷；愈是接触，就愈是贪心。

# 京都的表情

町家是……

简单一点的定义，町家单纯只是指木造的民家和商家，位于商业活动比较繁盛的中心地区。

不单是京都，奈良、金泽等区域也现存着很多町家建筑。

京町家，显而易见就是京都的町家。

京町家跟其他区域的町屋最大的不同是，京町家是邻居相连并排、职住一体的木造建筑，每间房间都有一定的使用逻辑。

面对大马路的入口意外狭小，进去内部意外宽广，因此也有鳗の寝床的昵称。

町家再生就是把这些原本是商店兼住家的长屋建筑，改建成原有用途之外的商店。近年来京町家几乎是消费京都情绪中不可或缺的一环，甚或有人以为京町家是让现代人想更进一步领会京都魅力的主因之一。

Milly 正是深受京町家魅力牵引的人，说是因为京町家而对京都更有兴趣也不为过。住宿京町家，在京町家喝咖啡买京杂货，在京町家吃京料理、意大利料理、法国料理，还可以在京町家做芳香治疗。
所以 Milly 以为，新风貌的京都的表情，几乎可以跟京町家画上等号。

真要说起来，这股京町家 BOOM 是要从平成四年（1992 年）说起，当时鉴于京都风格的町屋在拆建为大楼，或在残旧的原因下，有逐渐消失的危机。
于是有心人士组成了京町家再生研究会，致力于让京町家在不破坏原有风貌的情况下，再生后赋予新意，建立新商机。

成果很明显，因为现在几乎每本杂志在切入京都新讯息时，都会有 NEW OPEN 京町家餐厅的专题，而京都町家でごはん，在京町家餐厅内用餐，更是消费京都的热门主题。

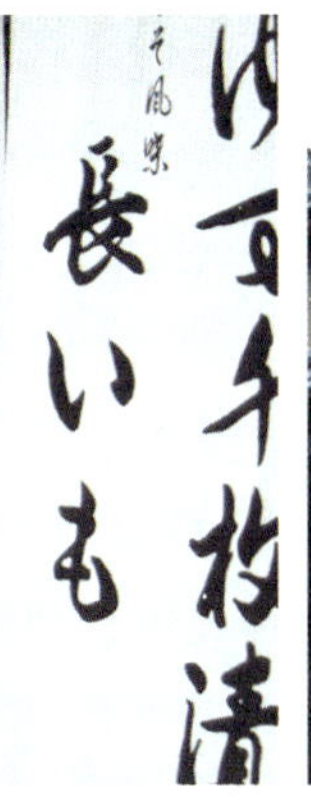
長いも

観光旅館
元奈古
京料理

山中株式会社

京 咖 啡

Café

Kaneya

旦那这个日文，一般我们都简单解释为老公。
礼貌一点就说是旦那さん。
如果老公很花，到处拈花惹草，有个很有趣的名词就是旦那浮气。
甚至有一个日本雅虎的博客叫作旦那浮气日记，就是说她老公的外遇观察日记。

不过如果你查网络字典，旦那也等于おとこ，是男性的意思。
进一步的延伸就是主人或商家老板。另外有个名词若旦那，就是小老板。

Milly 未婚，旦那一词应该无缘关联，但是因为说到京都的咖啡屋，就要了解一下旦那的行为。

为什么？绕个弯来说。

京都跟巴黎是姊妹市，同时有人说京都跟巴黎很像，都固执又骄傲地维系自己的文化和传统。
京都和巴黎一样，有很多小巷内的消费风情，而巴黎有很多咖啡屋，于是相对京

都也有很多咖啡屋。但似乎……也不是这样的简单推论。

然后看见一本杂志介绍京都咖啡屋的背景，发现京都咖啡屋的历史意外久远，几乎可以推到第二次世界大战以前。
这类西式咖啡屋而非茶室的产生背景，正是跟旦那有关。

原来是京都的商人老板，在跟艺伎交游的过程中，会在咖啡屋互相等待。不过也有一说是这些商家老板的京都绅士们，很早就习惯在这类咖啡屋内用早餐和谈事情。

京都的咖啡屋文化这么深厚，于是痴迷咖啡屋的 Milly 这次的京都之行，怎么样也少不了咖啡屋行程。
一排下来不得了，这咖啡屋行程包括京都的历史咖啡屋、摩登咖啡屋、町屋再生咖啡屋等等，三十多间。
Milly 可能一天要去三至五间咖啡屋，早餐中餐晚餐加上下午茶时间才成。
这下真的是名副其实的咖啡时光了。

可是不接触还好，一旦开始涉及京都的咖啡屋，真的着迷。
上次在京都体验过的是 Smart 咖啡，prinz 以及高山寺的寺咖啡馆，这次即使有些过分饮咖啡的危险，还是想企图多多体验。

Tokyo Café Mania 网站的主人川口叶子小姐，曾经企图挑战一天可以在京都从早到晚巡礼几间咖啡屋。
答案是九间！
可是挑战过后觉得自己是疯子（笑），说再也不能这样尝试。
她的经验谈是一趟愉悦的咖啡屋巡礼，一天的极限是五间。
OK，以这个为参考。

Hotdog Cube
帰りできます。
ットドッグ専門店
Cube
Phone.075-223-0030
こだわりの
ホットドッグ
お持ち帰りコーナー
セットメニュー
京ごおり

# Milly 的
# 咖啡时光之旅

日本的咖啡屋开始蔚为风潮陆续开业的时期，大约是昭和初年。
而京都的第一间咖啡屋是在昭和五年开业，大约是一九三〇年的时候。

这第一间咖啡屋是开在京都大学附近的进ヶ堂，然后第二间是Smart，开业于昭和七年，筑地开业于昭和九年是第三，第四是开业于昭和十三年的静香，第五则是开业于第二次世界大战之后昭和二十一年的イノダコーヒ一本店。

除了之前体验过的Smart咖啡屋，这回Milly很认真地朝圣，用尽有限的咖啡胃，体验了另外四间咖啡屋。
当然这些也不过是京都风味历史咖啡屋的一部分而已，如果加上战后顺应咖啡风潮陆续开业的咖啡屋，数据一列下来十多间，想到都胃痛喽。

怀旧的年份和定义？

在看资料时，很多有历史的咖啡屋都是用昭和和大正来说年份，这里附注一下，大正元年是公元一九一二年，如果说这是大正时期的建筑，就大约有将近百年。
昭和元年是一九二六年，这样就知道如何换算成公元年份。
另外，数据上的文字，常出现这间咖啡屋有着レトロな雰围気的形容。
レトロ也是外来语，从英文retrospective衍生，是怀旧的意思。

进ヶ堂 *since 1930*

百万遍京都大学北门前

公交车百万遍站下车，往今出川通京都大学方向走大约 3 分钟

8:00~17:45
星期二公休

红砖屋但有些褪色的摩登外观，加上馆内厚重的大张木桌，进ヶ堂（进进堂）就如此呈现了七十多年历史的厚重。
这里让人感受不到老旧，而是亲切又有文学氛围，可能是这咖啡屋正好面对京都大学，多年来被学生光顾着，所以也有京大附属食堂的昵称。

当日所坐的大桌，隔壁坐着光头艺术气质的学生，一杯咖啡一根烟翻着厚厚的原文书，写着报告，很协调的光景，Milly 这过路观光客反而显得融不进这空间。

据说这进进堂的创业人，当年到巴黎留学，回国就想把巴黎左岸的咖啡风情带回日本，于是才开了这咖啡屋。
一杯综合咖啡 370 日元，手工蛋糕也很出名。

至于在京都很多地方都可以看见的进进堂面包店，则是一九一三年在京都创业。
然后同一家企业在一九三〇年开了“カフェ进々堂”（进进堂咖啡屋）。
只是其他的进进堂咖啡屋都比较有现代风味，唯一保存原风味的就只有京大周边的这间。

## 筑地

*since1934*

京都市中京区河原町四条上ル一筋目东入ル米屋町

11:00~23:00
无休

从阪急京都线阪急河原町车站出来，河原町通和四条通交叉点是三井住友银行，银行对街的第一条小巷子转进，就可以看见这很有古典风味，于一九三四年创业的咖啡屋筑地。

这间咖啡屋以名曲享有盛名，所以一进入咖啡屋，立刻就可以听见悠扬的古典音乐。同样有特色的维也纳咖啡 550 日元，维也纳咖啡加古典音乐果然相配。

# 静香

今出川通千本西入ル南侧

7:00~19:00
第二和第四个星期日公休

since
1938

从巴士站千本今出川下车，就可以看见这几乎可以用破旧来形容的咖啡屋。
说破旧真没礼貌（笑），应该用日本咖啡玩家的说法，这咖啡屋的空间沉淀着昭和初期的空气。
老旧的雕花玻璃门是第一个特色，门边是兼设的香烟摊。
推门进去，迎面而来就是很强烈的老铺咖啡景致，最喜欢的是那面对面坐包厢的绒布椅子。不骗你，Milly 真的很怕太粗鲁把椅子坐坏了，因为真的是摇晃的。

一杯咖啡 350 日元，据说是“名物女服务生”的老妇人，端上那好喝浓郁的咖啡后，就转身继续看她的时代剧。

是一间几乎完全维系过去，不加入任何现代元素的咖啡屋。
这或许就是为什么 Milly 推门进来时看见的老先生们，可以这么自在地在这咖啡屋享用咖啡的理由。

如果可能，Milly 真的非常推荐到イノダコーヒ一本店吃早餐，毕竟早上七点就开店了，而且在面对庭园的红绒布椅子空间内，吃份附上热咖啡的早餐，真是有如贵妇一般。

即使是早上，イノダコーヒ一本店格子窗特色的店门外，一样停满了脚踏车，就跟杂志上看到的风貌一样。
进去大厅抽烟区，几乎清一色都是看报纸喝咖啡的京都老绅士。
京都的早晨就要由イノダコーヒ一开始，据说是这些老先生的口头禅呢。

女性建议到左手边，有火炉吊灯的高天井欧风空间，像是间花坊包厢。在铺着白色桌布的桌上，等穿着白制服打着领结的服务生送上一杯咖啡早餐，真是有被宠爱的感觉。
Milly 那天没点 1050 日元的限量早餐套餐，而是咖啡一杯加上法国土司，大约 900 日元。

红色咖啡罐和绿标是 INODA COFFEE 的商标，目前全国一共有十一间分店。
光是京都就有三条支店、四条支店、清水支店等。
本店的位置是，沿着三条通以京都 YMCA 的招牌为指引再向前一个街口，在堺町左转，就可以看见格子窗，挂着暖帘京町家建筑的 INODA COFFEE。

可以在店内买到现烘咖啡豆，Milly 怕带东西有负担，就买了一盒 100 日元，印有 INODA COFFEE 标志的咖啡滤纸，当作到此一游的纪念品。

堺町通三条下ル道佑町 140

7:00~20:00
无休

イノダコーヒ一本店
INODA COFFEE
since1946

除了以上按照年份介绍的几间咖啡屋，Milly 的怀旧咖啡时光之旅，也在以下咖啡屋中留下了身影。

一九四八年开业的咖啡屋，据说推开咖啡屋的一瞬间，仿佛就像是进入蓝色的神秘世界，像是整个人被包在深海的空间中。
只是 Milly 无缘体验这一切，因为这间古老的历史咖啡屋，在 Milly 前去朝圣的二○○六年十月贴出了歇业的告示。

所以，就像是一些地方的火车线路一样，总会心急地想去尝试，因为在你还犹豫的时候，它就会被时代的洪流给吞噬了。
废线的铁道和没有人继承的老咖啡屋，都是让人很遗憾的。所幸后来上网发现，这间咖啡店已经整修过，重新开业。

ソワレ
*since1 948*

## 六曜社地下店

*since1950*

河原町通三条上ル B1F

12:00~18:00
星期三公休

一九五〇年创业，这间咖啡屋或许不是最古老的历史咖啡屋，但在这次 Milly 的京都咖啡时光体验之旅中，最赞赏的咖啡口味就要算这六曜社地下店了。

咖啡风味香醇，入口微甘，同时有烘焙的稳重。

一杯综合咖啡 400 日元，老板修先生很认真地用手冲的方式冲泡咖啡，光是看着他那纯熟稳健的动作就是享受。
略微苦涩的咖啡，建议配上这咖啡屋的名物点心，现炸甜甜圈 100 日元。
甜甜圈纯朴的模样，就像店内简单但沉稳的内装一样，让人有时间停滞的怀念感。

只是 Milly 有些疑惑，六曜社地下店的楼上一楼就是六曜社咖啡屋，地下店和一楼店有何不同？为何杂志介绍的，京都咖啡迷票选第一的咖啡屋都是地下店，而不是一楼店？理由就不得而知了。
要提醒的只是，去六曜社地下店，别急着看到六曜社的招牌就进了一楼喔。

跟 INODA COFFEE 一样，可以一大早就享用一杯咖啡的咖啡屋，还有这间位于锦市场边富小路上的カフェいわさき。

星期一至星期五早上八点开始营业，外观很吸引人，是京町家改造的，店内不大，但还是可以抓到一些原来是町家天井和木梁的模样。

咖啡一杯加上吐司 400 日元，也很经济。

カフェいわさき

Milly 的京都咖啡之旅，不可能就此满足。在其他章节中，一些路径上都会连带介绍一间美好的咖啡屋。

而不在私家路线上的咖啡屋，Milly 就在接下来一一诚意分享。

富小路四条上ル东侧

平日 8:00~18:00；星期日 11:00~18:00

星期四休

# Milly 的京都美好咖啡屋

光是一眼见到咖啡屋门前的那几株香蕉树，高挑的天井和那一大面的书架，Café bibliotic HELLO 就已经轻易掳获了 Milly 的心，取代 prinz 成为京都最爱的咖啡屋。

据说当初店主的梦想，就是开一间有火炉，同时有一面书架高达天井的咖啡屋。
寻寻觅觅终于找到这间百年的和服屋，经过改造完成了现在店主坚持的温暖又开放的空间。
书架上的书都是店主私人搜集，多是外国的绘本和写真书，大方让客人翻阅。

Milly 前去 Café bibliotic HELLO 的那天很幸运，是一个雨霁后的晴天，阳光就这样透过大面玻璃窗洒进室内，在木质地板上摇曳着光影。
喝着冰红茶，看那窗外阳光下绿意盎然茂盛的香蕉树，抬头望着天井转动的风扇，自己仿佛不在百年建筑的京都，而是在某个热带岛屿的度假屋内。

就是这样日常非日常的交错，让你不能不溺爱这间咖啡屋，恨不得为了成为它的常客，搬到附近来住。
或许是主观的喜好，但是真的喜欢上这间咖啡屋。

Café bibliotic HELLO

二条通柳马场东入ル
11:30~23:00
星期二公休

如果说 Café bibliotic HELLO 是京都 Milly 最爱的咖啡屋，那第二位就一定是茂庵。不是咖啡多美味，而是坐落的位置实在太好。
在京都大学附近吉田山的山顶，那天 Milly 是先去京都大学对面的进进堂，然后继续随性往吉田山的方向走去，几乎就要宣布已经迷路的时候，突然看见山脚下一个指示牌，标明往上坡走去正是茂庵的路径。

但可不是转个弯，爬个坡那么轻易就到了，沿路一个个指示牌，让你像是寻宝般向前探寻着。
啊～～看见了，一群在町屋前好阳光下晒太阳的小猫，看到陌生路人有些胆怯又好奇，好一幅悠闲的景致。

逗弄了小猫一会儿，再上一个斜坡，继续有指示，然后终于到了门口。别急，依照地图说明，先过了树林间的亭子茶屋，终于看见那两层楼的木屋，就是茂庵了。

吉田神乐冈町 8 吉田山山顶
11:30~17:00
星期一休

茂庵

本来以为不是假日应该没人，而且一路上来也没人跟 Milly 同行，谁知店内客满，外面包着休闲风格的帆布椅上坐着两组客人在等待。
也好，先在周围晃晃拍照，大约三十分钟后被招呼脱鞋上楼，幸运地安排到靠窗，可以看见大文字山的位置。
在吉田山上可以俯瞰京都，难怪即使是在有些偏僻的山顶，一样能让人专程前来。
独栋的木造屋是百年的建筑，二楼四面都是玻璃窗，凉风的午后好天气，这里真有让人忘却尘嚣的悠闲。

午餐套餐是讲求有机蔬菜的健康料理，喝杯柚子茶，想着回程那几只可爱的小猫是否还在？

Milly 是迷路中迷糊到达的，或许你也可以。不想迷路的话，坐巴士于银阁寺或是净土寺站下车，约走十至十五分钟，就会看见指示牌。
Milly 想，如果你写下茂庵两字问路，应该附近的人都会知道才是。

# 柴洋京都店

—— 东山区松原通大和大路东入ル

9:30~20:30
无休

店名有个柴字，不是裁缝的裁。

但这是一间裁缝店附设的咖啡屋，店主希望你在这里喝咖啡，看见裁缝工具于是起了兴趣，就顺便参加裁缝课程。
很特别的结合，更特别的是这间咖啡屋的前身是豆腐店，柜台的白瓷砖隐约有着过去的影子。
位于老商店街的一角，在一群欧巴桑欧吉桑坚持的老商店街中，这像是该位于东京自由之丘的咖啡屋，很闪亮地存在着。

是个阳光好天气，光线洒满了这间以白色为主色系的小小的咖啡屋，Milly 点了很巴黎风情的碗杯拿铁，500 日元。

Milly 是当天九点半开店的第一个客人，一早独占这美好空间真是好幸福的感觉，同时分享这幸福的，当然还有店主和那只可爱的虎头犬店狗。

最好的还有来这间咖啡屋的路径，一早从八坂神社一路散步，到了清水寺，再从清水寺沿着清水新道（茶わん坂）走回东大路通，过马路从六波罗里门通往松原通前进，沿路都是很有风味的老建筑和民宿，还发现六波罗蜜寺里面的祈福是写在石头上的。
转进仿佛时光停滞的老铺商店街，让你忘却才十多分钟前，还身在世界观光客聚集的清水寺。

很容易你就会发现在松原通上的柴洋咖啡屋，因为那招牌 café+shop+school 真的很可爱。

下次前往清水寺或是八坂神社时，好天气的时候请记得顺道来这咖啡屋，享用好咖啡和好阳光。

二〇〇〇年京都艺术中心成立，原址是一九三一年创校的明伦小学，所以很有意思的是，在艺术中心一楼内的前田咖啡明伦馆，也是原来明伦小学的教室。

原本教室门边标示几年级几班的牌子，就写上了咖啡的字样，连菜单也是做成出席簿的样子，刻意营造出怀旧空间。

因为是学校改建的艺术中心，除了咖啡屋外还有很多展览室，当日走廊就呈现着钢管线条和阴影的装置艺术，很有创意又抢眼。

附近还有前田咖啡（マエダコーヒー）四条店和乌丸通本店，也都保留着创业以来咖啡豆经销连锁的咖啡屋原貌，所以很有风味。

尤其是本店跟 INODA COFFEE 很像，是町家格局，门外也停满自行车，门口放着满满的咖啡豆，一旁工作间还有工作人员正在烘焙，阵阵香气让 Milly 虽是正在去其他咖啡屋的路上，也忍不住停下脚步，喝了杯正统手冲综合咖啡，滋味当然是绝对正统，满分。

# スペシャルブレンド

前田咖啡明伦馆

寺町通蛸薬师上ル

11:00~21:00
不定休

一间在锦市场里，却似乎不属于锦市场风情的咖啡屋。
几乎是处于锦市场的夹缝一般，很不起眼的小招牌，一不留神就会错过。
经过仅容一人的小巷，让人意外的是，赫然出现的是有着小庭院的町家空间，数据显示也是百年以上的建筑。

是和风咖啡屋，提供的是有机野菜中心的京都家常菜，店内还出售以 hale 为标签的有机米酿造酒。
Milly 那天才刚喝了咖啡，就很另类地点了有机梅酒苏打，作为小歇的饮料。

是舒适的空间，但是要提醒的是，两位女店长有很多微妙的坚持。
首先拍照可以，但不许打扰其他客人，那是当然。
另外不欢迎太小的小孩，所以一家人不宜光临。

锦小路通麸屋町西入ル

11:30~21:00
星期二公休

hale~ 晴

想要一间安静又有音乐流泻的咖啡屋，或许 bient Café MOLE 是不错的选择。如果你热爱植物，这里就更不能不去，因为这是一间被植物包围着，几乎看不见外观的咖啡屋。

不单外面，里面也都是植物，音乐选择有绝对自信，因为店主的主业是音乐工作。午餐的人气料理是玄米咖喱，其他料理也是以有机蔬菜为中心。

御幸町二条下ル山本町 424

11:30~18:00
星期三公休

bient Café MOLE

## 番外篇

さのわ不是咖啡屋是茶坊，但是的确颇有风味，所以另辟番外篇推荐。
在仁和寺大门斜对角巷口进去的三角地，日本茶、中国茶甚至台湾地区的茶，只要是好茶老板都会搜寻进来，重要的是冲茶一定要好水，老板会远赴山区取得好水，以便冲出好茶。

那天点的是造型很唯美的冷本玉露，老板说可能要花些时间，但是 Milly 说不在意。
原来要先用热水冲茶，再冰镇。
端出时，有些微妙，真是几口的茶而已，造型虽美但是 800 日元一杯也的确奢华得很。

珍惜地喝一小口，苦涩中却有着深厚的清醇回甘，果然好茶！
只是分量，豪迈些的话，一口就可以干尽。

后来主人说还可以续杯，原来冲出的茶还有半杯冰镇着。

于是 Milly 就用几乎是午餐套餐的费用，喝了数口冰凉入口、甘醇入喉的好茶。
说值得也的确值得，Milly 向老板称赞好喝。
知道是台湾来的，有气质的女老板非常开心，直说谢谢，毕竟台湾是好茶产地呢。

在店内还有利用さのわ的商标设计的独创文具和商品，蛋糕据说也是送礼的好选择。
Milly 很喜欢这里礼品包装的时尚感，看起来很上品，很低调也很精致。

さのわ

京都好水

说到好茶好水，京都三大好水是梨木神社境内的染井の水，以及醒ヶ井和県井。
Milly 前往梨木神社想去饮口好水，一去可不得了，涌水前排了一队人，拿着水桶水瓶接着水，果然是名气不小。

好不容易挤到位置喝了一口，嗯～～该说是很甘甜，但难免有心理作用。

此外醒醒井是一次下错公车站，幸运的刚好在那站牌边就看见了这口小井。
就在京都铭菓老铺亀屋良长（创业于一八〇三年）的边边，而亀屋良长的特色正是用这名水做出京菓子。
地点是四条通堀川东入北侧。

御室竖町 25-2

10:00~18:00
星期二公休

# 京 杂货

# Chandlery

在世界的人文中，你很容易可以分辨出所谓的和风。
和风是日本传统风情，即使加入现代摩登和时尚的元素，和风依然是和风。
在都会的东京或远至鹿儿岛外的一座岛屿，要在日本消费和风，是随手可得的轻松。

但如果在日本的京都散步，Milly 就会想更贪心地消费一种从和风再精准筛选出的京都美学，也就是所谓的京风，京都风格。

就是说，在京都，Milly 就会想带一些京都风的杂货，放置在旅行之后的日常生活之中。

# 京都帆布包双胞事件

大事宣告?!

对某些人来说或许不算什么，但对于 Milly 这样超级喜欢帆布袋，又是前一泽帆布的拥护者来说，就不能不说是一件大事。

所谓大事宣告，一泽帆布在二〇〇六年十月十六日重新开幕了。
在京都的十月初路过一泽帆布原店面时，就看见了通告，而且当天似乎店内有采访，点着灯光，Milly 还像侦探一样，偷拍了一张隐约的店内照片。
发现产品……似乎跟以前的一泽帆布有些不同。

一泽帆布重新开张了，那么，因为兄弟阋墙而必须独立出去，在对面开的一泽信三郎帆布店又将会如何?
当然还是正常开着。
只是身为 Milly 这样的前一泽帆布迷，其实心态上是很微妙的。

这么说吧，Milly 当初喜欢一泽帆布是因为它背后的历史和坚持。
喜欢的是那帆布包上缝上的一泽帆布制，京都市东山知恩院前上ル的标签字样。
Milly 第一本书《东京生活游戏中》的原封面上，就是画着一个一泽帆布袋，来表达喜欢散步的意义。

可是后来一泽兄弟因为遗嘱双胞案闹得分家，原本经营一泽帆布的信三郎，只好带着帆布包老师傅们离家出走，在暂时关闭的一泽帆布店对面，于二〇〇六年四月新开了一间一泽信三郎帆布店，开发出不同于原一泽帆布的信三郎帆布和信三郎布包的两个商品系列。
Milly 这次前去京都，基于支持一泽信三郎和老师傅的精神，一定要在信三郎帆布店买个帆布包。
选的是一个很实用的棕色大型购物帆布袋，六千多日元。
现场所见布包迷们还是很踊跃地买着，甚至还要限制购买的件数，毕竟是手工包制作，产量是有限的。

本来以为没有了老师傅的支持，一泽帆布会从此消失。
谁知在信三郎帆布店开张半年后，一泽帆布号称网罗了关西的宫大工老师傅来制作帆布包，于同年十月十六日重新开张了。

在人情道义上，Milly 绝对支持一手维系一泽帆布的历史，却因为兄长的遗产之争被迫放弃，另立门户的一泽信三郎。但是在包包的感觉上，还是有些难以割舍一泽帆布。

下次去京都或许会忍不住再买一泽帆布也说不定，基本上还是喜欢帆布这种质感，以及一泽帆布后面的故事。

目前一泽帆布暂时只在星期一至星期五营业，而信三郎帆布店是星期一至星期六营业，星期日公休。Milly 还颇自私地期待两兄弟不如商议一下，一家在星期天公休，一家在星期一公休，错开公休日不是比较好吗？

看观光客的缘分，来决定要买一泽帆布还是信三郎帆布也是不错的。

这是一泽帆布的新网页

http://www.ichizawa-hanpu.co.jp/

这是一泽信三郎帆布的网页

http://www.ichizawashinzaburohanpu.co.jp/

Milly 那天买了信三郎帆布包，在回程时迷路，碰巧看见信三郎的帆布工厂，老师傅们正在挑灯赶工。很感动的画面！

心里就想，重要的还是老师傅传承的手工，不论是一泽帆布或信三郎帆布，只要买到手中，都会好好珍惜使用。

## 文 雅 的 唯 美

买一张纸当作京都的礼物，是一件很风雅，也很京都的行为。

Milly 在三个地方，买了给自己当礼物的数枚纸张。

分别是卖唐纸的唐长，卖纸制品的嵩山堂はし本以及纸司柿本。

唐纸有个唐字，理应跟中国有关。

果然如此。

唐纸原本是统称中国传来的美术纸，多是用在寺庙、王室、武家及茶道的屋舍屏风或壁纸上。

二条城和西本愿寺里被登录为文化财的屏风，也是用唐纸，而唐长是目前日本唯一制造唐纸的工房。

已经有三百六十多年历史的唐纸专卖店唐长，第十一代主人千田坚吉先生以为，应该把唐纸的美学宣扬到世界，于是拓展唐纸的用途，用在屏风和壁纸之外，做成了明信片、名片、纸扇子、灯罩等等。

于是即使是现代人，也可以把唐纸的美运用在一般生活中。
Milly 买了两张裁边的手工唐纸和一张明信片，希望或许用来当作本书的页面图案。

图案高雅很京风味，光是加框裱装，当成装饰应该也不错。

本来唐长只有靠近修学院离宫的郊区本店，比较不方便，今日在市中心乌丸四条的 COCON KARASUMA 复合式商业大楼的一楼也可以购买，上午十一点开店，星期二公休。

纸司柿本是在一八四五年创业的和纸专卖店，位置就在京都寺町通有名的一保堂茶铺旁，可以买到一些纸文具和创意纸制品。
Milly 在这里买到一种很风雅浪漫的和纸制品，就是放在书信中的所谓纸香包文乃香。

不过说起来，真正以文乃香在京都出名的，其实是位于六角通上的嵩山堂はし本。
嵩山堂はし本的店门暖帘图样是高山寺鸟兽戏绘的兔子拿了支毛笔，算是很好辨认的。
（有时会变化，例如 Milly 去的时候就是兔子在看书，总之都是以鸟兽戏绘的那只兔子为主角。）
是间不算太大的纸文具和纸制品专卖店，但是掀开暖帘，小小的店内都是让你爱不释手的和风图案纸制品。说可爱似乎太轻薄，但那些有着慵懒小猫和兔子图案的信封袋真的很可爱。
Milly 买了两组所谓的小信封袋，一组是鸟兽戏绘的兔子，一组是慵懒的猫咪。
粉嫩可爱兔子图案的文乃香几次拿起想买，但又放下。一包五个香香粉嫩的兔子纸香包约一千日元，一时犹豫没买，现在可是有些后悔了呢。

只怪如此沉稳的京都，为什么所谓的京杂货却可以如此温婉又可爱呢！

好在，跟位于寺町通的京和纸和京文具专门店鸠居堂在银座有分店一样，嵩山堂はし本在东京的银座和涩谷也有分店，如果在京都犹豫了，在东京或许可以弥补。

IRA KARACHO
1624

鸠居堂坐落位置很好，在闹市区的寺町通商店街和姉小路的交叉口。
SINCE 1663 的字样，充分显示这间线香和文具的专卖店是间有历史的老铺。

但是现在让观光客络绎不绝的理由，是各式的色纸明信片，信纸信封文具，以及和风的小纸袋。

Milly 当日前往时，看见一群妇人就像是原宿的小女生逛杂货屋一般，边低声呼叫着“好暖、真漂亮”，边挑选着一叠叠印着兔子、小猫、小猪等图案的信封和纸袋。

小猪是热门商品，因为二〇〇七年是猪年。

Milly 入乡随俗买了新年用的，印着和风小猪的压岁钱信封袋，准备在中国新年包红包。
只是信封不是红色！可能使用之前要认真说明一下。

纸司柿本

京寺町二条上ル
9:00~18:00
星期日公休

嵩山堂はし本

六角通东入ル
10:00~18:00
全年无休

京都鸠居堂

寺町姉小路上ル下本能寺前町 520
10:00~18:00
星期日公休

有次

锦小路通御幸町西入ル

9:00~17:30
无休

这也是一种京杂货，如果你想买一样京都职人（匠人）的极品，Milly 建议你去锦市场内的有次逛逛。
有次创业于一五六〇年，是京都老铺中的老铺，制造出一件让你一生爱用的刀和料理工具，是这间老铺的宗旨。

在料理职人间最受好评的是刀具，到店内看见各式各样上百种的刀具，简直让人叹为观止，几乎是已经超越了工具而像是艺术品。

你可以上有次的网站上看看，网站里还辟出专页来介绍制作刀具和料理工具的职人名字，充芝昂、寺地茂、今井建二……光是看着这些职人的名字，似乎就可以想象那几近信仰的职人坚持。
一把刀简单也要上万日元，但是对于料理职人来说，一把好刀像是一件好武器，和自己的手势相合是最重要的。

如果自家用，三千日元以上价位的刀子也有，只是带把刀或许难通过安检上飞机，买个汤瓢或是锅子倒是可以考虑。
Milly 在高级料亭旅馆柚子屋吃柚子锅时，使用的汤瓢工具就很低调而高雅地印着有次的字样。

よーじや，中文翻译为优佳雅。
在清水寺、在哲学之道、在岚山、在京都车站、在关西机场，甚至成田机场都可以看见她，这个出身京都的化妆用品品牌よーじや。
Milly 都叫这个品牌的商标是怪头娃娃，基本上总是很不礼貌地想，为什么要拿这个可爱的怪头来做企业形象。

为了一探究竟，决定好好研究一下它的背景。
よーじや创立于一九〇四年，在御幸町开店以前，是推着车叫卖的化妆杂货屋。
最早的商号是国枝商店，之后将店面迁移到当时最热闹的新京极花游小路，也就是在这时正式改名为よーじや。

什么会是よーじや？难不成是怪头娃娃的名字？
原来名称的缘由很不浪漫，话说当时店内在卖称之为“杨枝”的牙刷，因为很受消费者喜爱，当时的人就昵称这家店为よーじや（发音有些类似杨枝），之后就沿用至今。

之后百年来，よーじや本着呈现女性最自然美的一面，发展出系列的化妆用具和化妆品，建立了京风化妆品的独家地位。

最有名的代表商品是吸油面纸，原来这吸油面纸的诞生同样是有故事的。
话说，在一九二〇年左右，よーじや已生产吸油面纸，可是尺寸是现在的四倍，据说是方便盖住整张脸，之后才改成现在的大小。
因为京都的地缘关系，这吸油面纸受到花街艺伎和舞台艺人的喜爱，口耳相传变成全国知名。
好用的原因是在于よーじや坚持传统，沿用古时候上流社会女性使用面纸的金箔打纸技术，将严选和纸多次捶打，让纤维更活化成为更细致更吸油的面纸。
现在不但是自用，甚至成为来京都买回去送人的名产之一。

よーじや不但卖化妆用品，还自创了扇子等商品，以及文具系列等京杂货，甚至还开了よーじや咖啡馆，不论做什么周边商品都依然以女性为主要客层。

但是为什么要选这怪头做标志呢？
是个谜，只知道形象意念是一个化妆的女子印在镜子里的模样。

本店中京区新京极花游小路

11:00~19:00

本店

室町通三条上ル役行者町 368

11:00~19:00
无休

## 永乐屋 细辻伊兵卫商店

先听听观光网页上怎么形容这间京杂货屋。
将明治时期到昭和初期间的手帕图案复刻，带起和风手帕风潮的店，所以这间京风杂货连锁店，卖的主要商品就是怀旧风的手帕。
手拭是手帕，手拭巾则是更长的手帕，毛巾尺寸，可以做更多样的运用，例如绕在脖子上当方巾。

主力商品是手帕，所以这间店的全名是京三条 町家手拭 永乐屋 细辻伊兵卫商店，创业至今已接近四百年。

Milly 对这家连锁店印象深刻的是广告攻势，多年来买了多本京阪神系列杂志，封底广告都是它，于是不印象深刻都难。
广告上那看起来像是小老虎的古典版图案，其实是以前称之为桃太郎的图案，印有这图案的手帕和皮包布袋在店内当然也能够买到。

四条通小桥西入真町 91

11:00~20:00
无休

## RAAK 本店

同样也是卖京风方巾和手帕的 RAAK，其实是老铺永乐屋细辻伊兵卫商店所企划的系列商店，老铺新品牌是 RAAK 的商品概念。

RAAK 走的是京风时尚的图案，跟永乐屋细辻伊兵卫商店的复古风情有所区别。

RAAK 的意思是从京都出发的流行，京都古称"洛"，洛跟 RAAK 的发音接近。

花色是创新的，但是手帕运用的染色技术依然是传统的京友禅染技术，价位从 1500 至 8000 日元不等。

除了手帕方巾，还有皮包皮夹等提供选择。

RAAK 本店位于姊小路通和寺町通的交叉点上，另外还有四条店，祇园区则有两家分店。

油小路丸太町上ル

9:00~17:30
星期日公休

## 财木屋

位于油小路通巷子进去的财木屋，是一间三百年以上历史的和风蜡烛老铺，原本主要的业务是供应各大神社的香烛类，一九九九年将公司的一楼改装成为店面，开始卖和风蜡烛和各式线香。

别被三百多年的历史给吓到，其实这里的部分蜡烛和线香摆设还真的很可爱优雅。除了蜡烛和香材，也有造型优雅的香包。

只是这家店不但卖安定身心的光烛和香气，连店员本身也很悠闲，Milly 在里面游晃了几乎十分钟，一个店员也没出来，微妙。

乌丸通二条上ル东侧

9:00~19:00
无休

## 香老铺松荣堂

香老铺松荣堂创业于一七〇五年，卖的是和的香气。

Milly 前去的是清水寺坡道边的香老铺松荣堂产宁坂店，店面改装自町屋料亭的厨房，店内放着宗教用的和茶席上用的线香等，有香炉香木也有些符合现代人趣味的线香座台和香袋。

如何将和的香气以新提案的方式，加入现代人的生活中，是这个老香铺努力的方向。本店在二条城和京都御所附近，不论是清水寺或二条城都是观光客出没最多的区域，毕竟这东方神秘气息的线香和香袋，一定很得外国观光客的欢心。

大德寺通北大路上ル紫野门前町 17

11:00~18:00

星期四及每月第三个星期三公休

## 京都西阵おはりばこ

这间位于大德寺正门对面的京风杂货屋，是 Milly 个人主观最喜欢的一间，喜欢到恨不得将整间店都搬走。

掀开町家外观的暖帘，看见的就是镇店之宝，大大的两只穿着和服的兔子布娃娃。这间店的特色和卖点正是和风的拼布小物，将和服布料再生，制成胸针、发夹和发饰耳环，还有笔记本、书套、手机吊饰等。

因为是将和服布料拼贴再生的商品，所以每一件商品的图案都不会一样，同时具有很时尚的环保再利用概念，更难得的是，所有商品都是手工制作。

可爱的猫咪、兔子和千鸟图案的吊饰，让人爱不释手。
但商品的诉求不单单是可爱，还希望显现出和风布料典雅的风尚，企图展现实用又美好的和洋融合的感觉。
两位年轻女店员穿着图案美丽的和服，不招呼客人的时候就在后面的工作室做着手工，据说还可以在这里参加和风小物的制作体验工房。

Milly 当日很克制地买了猫咪和千鸟图案的吊饰，还有和布的书套，光是挑选喜欢的图案就是一大乐趣。

但是，又不是在西阵，为何叫作京都西阵おはりばこ？
原来开店时是在西阵，后来迁到大德寺附近，但为了方便熟客辨认，就依然沿用了京都西阵おはりばこ的店名。

京极井和井

要买京都风的杂货和小礼物，在新京极商场区的京极井和井可以满足你所有的需求，如果你不是那么在意这些商品后面有没有百年老铺的故事或是达人的坚持。

和风的木屐，和风的眼镜盒，皮包线香和纸……商品丰富。

其实只要认准井和井，都是同系统的和风杂货屋，清水寺、岚山、新大阪车站和成田机场都有井和井。

# 京兔子

Milly 在出发前往京都前，曾经计划了一个主题要在京都完成，就是在京都找到一些兔子图案的京杂货和兔子造型商品。
于是刚去京都的时候看见兔子图案就拍，结果发现兔子实在是太多。

京都比 Milly 想象中更爱兔子，以下就是 Milly 收集的京兔子专题。

ありがとう
お月見
秋の月

# 京 川岸

## River Side

鸭川

贯穿京都最主要的川流是鸭川，跟鸭川几乎平行的细细的川流有高濑川，以及从平安神宫一路延伸到祇园的白川。
有河穿过的城市总是美好的，更何况像京都这样风雅的古都。

而鸭川除了风流风雅之外，对于路痴 Milly 来说，更有指标的作用。
Milly 在京都习惯用跨越鸭川的大桥，来辨识自己此刻是在哪一个位置，二条大桥、三条大桥、四条大桥……这样的顺序，是一种坐标。

要跟鸭川情绪接触，最简单的方式是沿着鸭川边散步，如果在炎热的夏日，黄昏的鸭川人多到好像是在开庙会似的。

更高一筹的做法是在鸭川边，享受纳凉床。
夏天的时候，在二条到五条大桥段的鸭川边，有纳凉床的餐厅喝啤酒纳凉。

纳凉床跟祇园祭都是京都夏天的重头戏。
Milly 二〇〇六年九月尾十月初在京都，刚好看见纳凉床的尾段，连三条大桥边的星巴克都设有纳凉床。只是一进入十月，餐厅就忙着动用吊车来拆纳凉床。看看数据，鸭川有纳凉床的时间大约是从五月一日至九月三十日。

白川

不同于鸭川的纳凉床，贵船神社在溪流边的餐宴则称为川床，开始的时间跟鸭川差不多。

因为 Milly 多数是一个人在旅途，不适合热闹的鸭川夏日夜宴。
更何况京都夏日的纳凉床活动，几乎跟东京的烟火和春天的赏樱夜宴一样热门，要抢个好位子不容易，而且通常川边位置还要加价，所以至今没尝试过。

好在 Milly 一样可以享用鸭川风情，不是啤酒而是咖啡。
沿着鸭川边，Milly 有几间推荐的咖啡屋，可以在好天气或是雨天的日子，找个窗边川岸畔的位置，也饶有兴致。

就从在下鸭神社边，像个丫字左右两边与贺茂川和高野川交会的鸭川最前端说起。

搭京阪电车出柳町车站，经过今出川通，越过鸭川靠近贺茂大桥鸭川边（大约步行五分钟），就可以看见这间供应法式家庭料理的咖啡屋。
因为是银行改装的建筑，所以有高天井的特色。
最抢手的位置当然是靠近鸭川的阳台，可以眺望大文字山和鸭川。
虽说是法国料理餐厅，咖啡价钱很经济，一杯大约只要250日元，午餐套餐也大约是900日元。
因为附近是大学区学生街，所以才能用如此价钱享受到无敌的鸭川川边景致。

上京区河原町今出川东入ル加茂大桥西诘

12:00~22:00
不定休

BonBon café

河原町丸太町东入ル

11:00~19:30
无休

カフェリュ．エルゴ

从京阪鸭东线京阪河原町下车，丸太町桥侧有这间花房附设的川岸咖啡屋。因为有露天座，因此也是很有人气的狗狗咖啡屋，受到周边养狗住户的热爱。当然当日所见，也有不少享受生活的贵妇人在这里用下午茶。可能是地域的关系，这间咖啡屋是欧风气质，跟 BonBon café 的学生风很不同。

efish 位于五条大桥附近，是兼卖设计师产品的现代感咖啡屋。
比起前面两间咖啡屋，efish 其实是最贴近鸭川的。一面玻璃窗外，面对的就是鸭川，几乎是无距离的视觉感。

Milly 喜欢猫，于是对咖啡屋店外招牌一只鱼和一只猫的设计，特别偏爱。

当天点的是夏季尾端的饮品洋梨冰沙。甜甜带酸的梨子汁有着果香，在那天残夏的温度里，显得异常清新爽口。
位置很舒服，景致又好，不由得久坐了会儿，因此也得以享受了一段窗外的鸭川暮色。

原来这间咖啡屋是设计师西堀先生的家改装而来的，一楼是咖啡屋，二楼是 BAR，咖啡屋内摆设着各种设计品，都可以直接购买。

木屋町五条下ル西桥诘町 798-1

11:00~23:00
无休

efish

# 京甘物

# Sweets

女生在京都，怎么能不让自己甜蜜一些，除了买些甜蜜的和风京杂货，京风的甜点当然也不能少。
最直接的是找一间风雅的京菓子老店，点一份抹茶配上京菓子的SET，或是像Milly这样通常行程太贪心，无法多停留，就可以在祇园附近大原女家之类的，买个和菓子回旅馆，自己来场一个人的夜间和菓子茶会。

只是为难了这间大原女家的店员，将一个袖珍精巧的三百多日元的新鲜和菓子，认真包装，加上冰包保鲜，再放进大大的纸袋里。
小消费但是服务诚意不减分。

如果你临时想自己开小茶会，也可以利用京都车站伊势丹地下的礼品销售区，所有京都老店的甜点都集中在这里。Milly那天买了一个京菓匠俵屋吉富印着中秋气氛的兔子的铜锣烧，然后转车回大阪旅馆，泡杯绿茶配上京都甜点，也是一种情绪的延续。

当然，不单单是外带。
京都有太多朴实的精致的有历史的老铺甜点，提供你在每一个停歇点上，幸福一下。

从南禅寺前往平安神宫的路上，看见这家很气派又优雅的京菓子屋菓匠清闲院京都本店，进去店内来来去去地看着，那精致的以栗子为材料的京风甜点，想买回旅馆去，又想那么一盒一个人吃太奢侈，又因为是新鲜的手工和菓子，不能久放，想带回台北也行不通。

考虑来去，终究还是没买，只是拿了秋季甜点的目录回去。

谁知之后十一月去东京，从关西来的日本友人送给 Milly 一盒和风甜点，带回台北后有些似曾相识的印象，拿出京都的数据一看，这不就是那日 Milly 想买但犹豫没买的，菓匠清闲院秋季推荐的铭菓御车！只能说是缘分。

打开彩绘着枫叶的包装纸，木盒内一个个和菓子的包装上都写着御车。

打开一看是古典图案，模样像是比较厚实的芋头色绿豆糕。

看数据才知，这是要呈现祇园祭优雅的御所车模样。

吃了一口，外面是纤细不很甜腻、加了蛋黄多次细筛的红豆馅，里面是一整颗糖煮栗子，都是入口即化，好一个高雅口味的点心。

看似单调的材料，却是深厚扎实的风味，让人感觉果然是京都的层次。

如果你前去南禅寺或是平安神宫，看见这间老铺京铭菓屋，不买礼物回去也可以到楼上茶室，喝杯茶配上和菓子，体会一下京都甜品的深奥。

## 菓匠清闲院

南禅寺草川町 41–12

10:00~18:00
一月一日公休

在写这本书的时候，参考了一些杂志数据。
总是会有些扼腕的情况，因为自己去的某条路线，其实就在下一条巷内，不过是一个转弯，就有那么一间风味老铺，或是情绪咖啡屋。
但是当时手上没数据，就这么擦身而过了。

京都这样的古老城市，巷弄很多，很多有趣味的小店没有数据在手，很容易就会忽略，例如切通し进ヶ堂这间京菓子铺就是这样。

位于四条通热闹街道的小巷口里，很靠近祇园和八坂神社，据说是当时祇园艺伎们唯一被容许进去的吃茶店。

Milly 在四条通游晃，本来是先看到老铺键屋良善，后来到旁边巷口先看见对面的 RAAK，然后一个回身就看见这排着美丽糖罐子的店面。
小小的，甚至有些陈旧的店面外观，低调的匾额上写着已经有些模糊的字样“切通し进ヶ堂”。

有些模糊的印象，隐约记得这间店卖美丽的果冻。
果然发现了，整颗草莓放进去的果冻，280 日元。

Milly 更喜欢那店面墙边放着的一排排糖罐，里面有鲜艳的水果糖。
让这间老铺京菓子铺，像极了童话故事的糖果屋。

至于这间进进堂跟咖啡屋进进堂和面包屋进进堂有何关系？
数据上似乎看不出关联。
至少进进堂的企业网站，没列上这间店。

切通し进ヶ堂

东山区祇园町北侧 254

10:00~20:00，京菓子卖到 22:00
星期一公休

出柳町商店街出柳通上

8:30~17:30
星期二和第四个星期三公休

## 出町ふたば

Milly 长年爱看的关西情报志 *Meets*，其中一期京都特集封面就是放了白色圆滚滚的两个它，出柳町商店街的出町ふたば豆大福。
里面是豆沙馅，外面还混着一颗颗实实在在的大红豆，包馅的皮和红豆都有些咸味，很特别，没有一般的豆大福甜。

听说什么时候去都得排队，果然那天一大早，Milly 乘坐京阪电车到达出柳町，去了上贺茂神社之后，跨过出町桥，从 ampm 便利店穿越马路，前往对街出柳町商店街，一看才九点多店前已经有人排队，正是出町ふたば，而且多是冲着这豆大福而来。

最小的两个一盒 320 日元，付钱时看见开放的柜台后方师傅们还忙着端出一个个木盒，里面放着的都是可爱的豆大福。
老板会建议，因为是现做的要现吃，买多了不好，请只买当天会吃的量。
带两颗豆大福在身上，于前往茂庵的小径路边阴凉处，当作野餐吃了。

跟出町ふたば一样位于传统商店街上，同样外形质朴受到京都人喜爱的和风菓子，是位于名所泉涌寺入口的音羽屋。

创业已经满五十年的音羽屋，最有人气的点心是赤饭万寿，一个 190 日元，简单地说就是麻糬包着红豆饭上面放一颗栗子。基本上赤饭（红豆炊饭）就是日本人家有好事喜事时，会特别做的吉祥饭，所以这点心也带着吉利的意味。
店内有咖啡座，可以坐下来配茶吃。
另外京都赏枫名所东福寺在公交车下一站，步行约五分钟的地方。去完泉涌寺买个和风点心，到东福寺赏枫，应该是不错的路径。
Milly 因为更喜欢吃红豆麻糬，不好意思很叛逆地那天吃的是红豆麻糬，很好吃。至于赤饭万寿的滋味请自行品味分享，据说是要微温更好吃。

泉涌寺 26-4（市巴士泉涌寺道站下车）

8:00~18:00
不定休

音羽屋

# ぎおん小森

京都市东山区祇园新桥元吉町 61

11:00~21:00 / 周日到 20:00
星期三公休

有时 Milly 会因为甜点好吃而进入一间甜点屋，但不那么嗜甜的 Milly 却最常会因为一个空间而进入一间甜点屋，ぎおん小森就是最典型的例子。

每次经过祇园的辰巳神社，就被那位于白川边垂柳依依的京町家给吸引，之后知道这是有名的，原茶屋改建的京都祇园甘味处，就更是好奇了。

正因为有名，要进去吃个甜品一探究竟，大多时候都要排队等位置，旺季期间等三十分钟以上也不意外。

最出名的抹茶ババロアパフェ，1260 日元，光是看那缤纷的模样已经过瘾。
Milly 点的是加了抹茶冰淇淋、白色糯米丸子、丹波红豆和糖煮栗子等的小森あんみつ，1200 日元有些小贵，但是有着低调高雅的风味，不甜不腻，每一样东西都感觉到店家细心的功夫，算是值得。

## 小豆屋 うさぎ亭

高仓通六角上ル西侧

11:00~17:00
星期二公休

说为了搜集兔子（うさぎ）的系列感觉，才来到这间小豆屋兔子亭，听起来动机有些牵强。
但是旅行中喜欢加入一些游戏主题的 Milly，的确是以这搜集兔子主题系列的心情来到这间和风咖啡屋。

据传是讲究食材的荞麦面面店所开的咖啡屋，所以食材同样讲究，中午的套餐是讲求健康的有机料理，连和风甜点也坚持每一种配料都是自家制的。
Milly 点了推荐的あんみつ 670 日元，跟一般的あんみつ很不同，该怎么说呢？这里的红豆馅蜜是あんみつ中的清秀版，就是整个排列组合都很清爽，颜色也偏向薄色。

寒天是用精选天草制成，看起来不起眼的白玉糯米丸子也 QQ 有劲，入口即化的红豆泥配上冰激凌也是绝配，是上品中上品的あんみつ。
至于兔子在哪里？

在店招牌和名片上，或许还同时在那雪白的白玉中吧。

总本家河道屋荞麦ほうる

姉小路御幸町西入ル姉大东町 550（俵屋旅馆附近）

8:30~18:00
无休

要说这家京铭菓店，首先似乎必须解说一下什么是ほうる。
ほうる是放置一边不管以及抛出的意思。

将荞麦抛出去，Milly 第一个想法：难道是面疙瘩？最后找到的数据显示……要解释可能要绕个弯来说明。
荞麦ほうる正确说该是荞麦ぼうる，发日文的浊音。
ぼうる是葡萄牙文 BOLO 衍生出的外来语，就是菓子，糕点饼干的意思。
荞麦ぼうる就是用荞麦粉制成的糕点，至于这店名怎么少了两点变成荞麦ほうる，就不得而知了。

话说回总本家河道屋荞麦ほうる，为什么要专程找到这间位于姉小路通上的老店，只是因为看到某本杂志上，那像是一朵朵花朵般的荞麦饼干，如此可爱，一眼难忘，于是出发来到京都前，就发誓一定要买到手。

是不起眼的老铺店面，推开暖帘甚至像是到了私人住家玄关的感觉。
Milly 买的是最小袋 100 克装 315 日元的荞麦饼干，适合携带。包装纸是一朵朵绿色小花，纯朴中带点小女生的俏皮，对于一家已经传承到第十六代，三百年以上的老店，真的是很意外的设计。

据说是模仿梅花的图案，荞麦饼干比想象中硬很多，但不是很甜而且愈嚼愈有风味，做茶点很适合。

一文字屋和助（一和）

紫野今宫町 69

10:00~17:00
星期三公休
（若是一日和十五日改隔天休）
12 月 22 ～ 31 日休

什么奇妙店名?
不问不知，原来这可是大有来头的京都老铺。
从大德寺绕到一旁的金宫神社，由东门出去，好像进入了时光机回到过去般，石坂路两边有两家古老商店，店前冒着烤串的烟雾。
两间都是卖あぶり饼的町家老铺，因为左侧的一和招呼热烈又号称元祖，只好暂时辜负另一间。

一文字屋和助一和是在常保二年（公元 1000 年）创业，真是超级老铺，现在的店主可是第二十四代。
想想你吃的是一千年前就有的点心，是不是很梦幻?

这里几代以来卖的都是简单的あぶり饼。用豆粉做成大拇指大小，串在细细的竹枝上炭烤，同时抹上白味噌和砂糖。一人份是十五串 500 日元，可以选择配上一壶热麦茶或冰麦茶。

很喜欢那蓝底白圆点的茶杯和铁制的茶壶，颇有些时尚，配上古朴的あぶり饼，很鲜明。
あぶり饼是没有体验过的滋味，黄豆小饼真的很小，烤得有些焦香，然后白味噌又甜甜的像是炼奶，总之值得一吃，一种体验。

而且啊，据说吃了这あぶり饼，恶疾不会缠身哦，那更该试一试了!

在京都有多间数百年以上的麸馒头老铺，但是 Milly 的麸馒头初体验是离开贵船神社后，往车站去的一个路边小摊。

先说麸是什么？
照字面解释来看，应该就是我们所谓的面筋，但口感偏向我们的麻糬。
Milly 吃的是笹麸馒头，用竹叶像包粽子一样包住的麸馒头甜点。

初尝试的笹麸馒头 180 日元，很清雅的风味。
有弹性的外皮，还带着些竹叶香，内馅是红豆，冷冷地吃也同样好入口。
除了口味，很喜欢那纯朴的模样。下次试试其他馅料，例如柚子，或许不错。

Milly 是在路边随性买了麸馒头来吃，如果要说是真正的麸馒头，就要认明麸嘉这间老铺。锦市场也有分店。
麸馒头五个一盒装，1000 日元。

上京区西洞院通椹木町上ル
地铁丸太町站步行约 7 分钟
9:00~17:00
星期一公休

麸嘉

在京都每一个观光点的名产店，你很难逃开那三角形的京都名产おたべ的强烈商品攻势，真是到哪里都是おたべ。
Milly 是那种很抗拒买当地绝对名产的人，去大溪绝对不会买豆干，单纯个人无意义的反抗。
但毕竟还是买了，在上飞机前的大阪免税店，说服自己的是，这黑色的おたべ包装还挺时尚的。

带回去大家吃了，也都说好吃。芝麻的内馅，不是很甜还很香。

先说おたべ是什么？
おたべ基本上是用米粉做成外皮，然后包上红豆馅，正方外皮对折成为三角形，就是おたべ的样子，其他的馅料像是芝麻等都是改良商品。

但是有的名产店卖的和菓子跟おたべ一样，却写的是生八つ桥，脑子里于是一堆问号。还有的写八つ桥，但样子又不同。
到底是怎么一回事？
生八つ桥和八つ桥不同？还有生八つ桥跟おたべ有什么不同？

黒のおたべ

原来八つ桥是像瓦片般的煎饼，而生八つ桥是软的和菓子，据说本来京都都是卖硬硬的八つ桥，井筒八つ桥最有名。

有一天一个师傅突发奇想，把八つ桥的材料不加以煎烤，拿去蒸来包馅料，就成了现在的生八つ桥。

生八つ桥长得和おたべ一样?

那是因为おたべ这家公司卖的正是生八つ桥这种京菓子，おたべ是商标名称，生八つ桥是京菓子的类别。

在京都原本预计除了高濑川边的キル フェ ボン京都（Quil-Fait-Bon 京都分店）外，应该不会刻意去吃蛋糕，毕竟是在这么和风的京都，当然是以京风甜品为主，只是经过这间位于京都市政府附近，押小路上的可爱蛋糕屋，还是忍不住探头进去买了一个可爱好吃的无花果蛋糕。

salon de thé m.s.h 更正确的名称是 PÂTISSERIE Salon de thé m.s.h，说起这蛋糕咖啡屋可爱的原因是，你会先看见一道白色的栅栏小门，像是花园的入口，挂着红色招牌，然后经过一条铺着可爱碎石花纹窄窄的巷子，就这样看见一栋像是秘密花园的白色建筑，前面的草地放着白色的桌椅。
不说不知，别看那白屋白椅的洋菓子屋模样，这蛋糕屋可也是京町家改造的建筑。

蛋糕是女生一定会喜欢的甜蜜模样，难怪二〇〇六年一月才开张，已经有很多女性杂志报道。

押小路通麸屋町西入ル橘町 630

11:00~20:00
星期四公休

salon de thé m.s.h

这里的人气商品是加了生麸的蛋糕卷，有弹性的生麸包在鲜滑的奶油内，卷上蛋糕，口感很好的样子，因是人气商品所以很容易就卖完，要趁早。

那天 Milly 前去刚好有杂志取材，趁机拍照抓到了人气蛋糕卷的模样。
你可以在店内享用饮料和蛋糕，也可以外带。
蛋糕装在可爱的纸袋中，即使只买一个，店员也会细心包装，然后放入冰袋保鲜。

七条通西洞院西入ル

11:00~23:00
无休

SECOND HOUSE
西洞院店

是咖啡屋，但是放在京甘物部分来推荐，因为它的独家布丁超好吃。
本来是想进到这间靠近京都车站，历史百年以上，旧银行改建的咖啡屋里喝杯咖啡吃点心，但是那天咖啡屋被包下，只能外带，怎么都想跟这古老洋风外观的咖啡屋扯上些关系，于是 Milly 随意买了印有 SECOND HOUSE 玻璃罐装特殊的布丁甜点，一个 300 日元，经过店员层层包装交到手上。

回到当晚住宿的和风旅馆，把布丁当作饭后点心。
好吃！简单但确实最直接的形容就是好吃。
布丁浓郁的奶蛋味充满整个口中，而且松滑细润。还可以把玻璃瓶拿来作纪念品，意外得来不坏的选择。

因为就在京都站前七条通和乌丸通交叉点附近，徒步大约十分钟，如果转车前有些空档，或许可以来这个高天井全木色空间的咖啡屋，喝杯咖啡吃个甜点也是消磨时间的方式。

Milly 在二〇〇五年去京都时，曾经去过 SECOND HOUSE 东洞院店吃过午餐，是巧合吗？
一间在东洞院，一间在西洞院。
其实在京都 SECOND HOUSE 的分店还不少，除东洞院和西洞院店外，还有北山店、银阁寺店和出町店。

Kyoto
HOUSE CAKE WORKS
SECOND HOUSE

# 京料理

## Dish

要说京料理之前，先说一个京都常识，关于おばんさい。
Milly一直以为おばんさい是おばさん煮的菜。也就是妈妈，欧巴桑做的菜，所谓家常菜、手料理（亲手做的菜）。
其实差异也不大，只是おばんさい汉字写法是御晩菜，惣菜的意思。
在日本经常可以看见超市有惣菜的销售区，卖家常熟食和菜肴。
但关西，尤其是京都，习惯称家常菜为“おばんさい”。
Milly对于每个国家的家常菜都有兴趣尝试，在京都当然要尝尝京おばんさい。另外有兴趣的是所谓的豆皿料理。

“豆皿料理”以Milly初步的解读，就是将少量但是多种的料理，放在我们用餐时分食的小碟子之类的器皿上（或更小，像酱油碟），以怀石的形式呈现。
是不是光想就很有趣？

一直以来大家对京都料理的印象，大约都是餐厅门槛高不易进去，还有价位高很难轻松入门。
Milly也是如此判定，只是这次试图慢慢进入京都精髓美食世界，一步步晋级。
百货公司的美食超市，锦市场，京野菜自助餐，町家餐厅，料亭旅馆，一步步接近京都的美食世界。

## 百货公司美食超市便当

首先基本上还是跟以往一样，喜欢去京都车站的伊势丹百货公司地下超市，买各式精美好吃又经济的便当，回旅馆舒适的食用。
尤其如果住在大阪，然后来往京都，在返回大阪时这样的逻辑最方便，而且如果不是太饿，晚上七点左右买便当，还会有半价的优惠。

除了买便当，若想奢华一些些，同样在百货公司地下楼还可以买些老铺京菓子当作饭后甜点。
不光是京都车站的伊势丹百货，四条河原町的高岛屋百货，和四条乌丸的大丸百货也可以同样运用。

## 锦市场不专心的采买乐趣

除了百货公司地下美食超市，号称京都厨房的锦市场也同样可以运用。假想自己在采买当晚的晚餐回家，尝试当京都人的感觉。以下是一些推荐的商家。

锦市场各商家开店时间不同，虽说有的早上七点半就开店，但建议最好还是上午九点后前去，开店的商家较多，晚上则大约是六点后陆续关店。

同时 Milly 的建议是从乌丸通进入锦市场，而不由新京极通切入，因为光看京野菜的模样已经是乐趣。可是近几年，几乎所有锦市场商家都把京野菜用保鲜膜包起来，看起来很扫兴。
这次发现，从乌丸通进入锦市场，在入口处有对老夫妻开的京野菜店，还维持着旧有的风貌，加茂京茄子、鹿谷京南瓜、京小芋都以自然的模样美好地排列着，更有趣的是，老夫妇还顽皮地在南瓜上画脸谱，真是可爱极了。

拍完看完可爱的京野菜，就正式进入锦市场。

Milly 逛锦市场的私家建议是要不专心，因为细长的锦市场跟很多也是细长的街道交叉着，可以分心往交叉的街道探头，左右两边瞧瞧，发现有趣的就穿过去看看，之后再回到锦市场。

锦市场采买，首先穿过东洞院通，可以绕出去找一间杂货店 GRV1888。然后回到锦市场继续前进，穿过高仓通，这里有一家牡蛎专卖店大安。穿过堺町通之前可以看见一家卖豆腐和豆腐甜甜圈的こんなまんじゃ，可买来当点心。

在豆腐甜甜圈对面是挂着ふ字暖帘的老铺麸嘉，买个 200 日元的麸馒头，品尝传统京风点心滋味。

离开麸嘉，在锦市场道上看见熟食商家平野惣菜，在这里可以买到各种传统京都家常料理，只是别太贪心，免得超出预算喔。

在平野熟食店旁边有一桶桶腌渍物排列的打田渍物，不用客气慢慢试吃，有喜欢的再买小包装的京野菜腌渍菜，当作餐前菜。

有了前菜有了熟食，没饭配总少些什么。再往前一点，在接近柳马场通交口处会看见中央米谷，是米铺兼营的饭团店，当然质量有保证。买个怀石米做的饭团，或许会有吃怀石料理的错觉。

通过柳场马通，Milly 发现最爱的现做鱼浆炸物店丸亀，通常就会买一个热腾腾端出的炸鱼饼现吃，当然买回去当配菜也可。

丸亀对面是麻糬和菓子屋もちつきや，店前京都妈妈模样的店员很吸引人，但是甜食已经够多只好放弃。

丸亀旁还有鱼力卖烤鱼，三木鸡卵、田中鸡卵和风蛋卷，也都是极佳的老铺熟食，可以参考。

以上只是 Milly 个人的建议，其实锦市场几乎每家店都是老铺，每家都有故事，每家都是传统口味。你也可以凭着自己的偏好，规划出自己的采买路线。

如果采买不是你的节奏，想在锦市场直接品尝，也可以就近在柳马场通和堺町通的かね松，金松京野菜老铺二楼吃个 1500 日元上下的京野菜午餐套餐。
另外麸屋町通和御幸町通之间，锦小路上的旬料理嘉ねた，是卖鱼商家经营的料理店，午餐松花堂便当 2500 日元。

如果经济能力很强，甚至可以从锦市场转进交叉的麸屋町通，在名料亭近又吃份4000 日元至 8000 日元的怀石午餐。
Milly 尚未晋级到此，就只好拍拍外观憧憬一下。

至于锦市场的番外篇，要推荐的是京咖啡那段介绍过的，位于锦市场内的神秘町家咖啡屋 hale ~晴。
以及早上是京野菜店，晚上变成居酒屋（小酒馆）的池政。
池政在富小路通和柳马场通之间的锦市场内，白天是青果野菜屋兼卖午餐，晚上六点半过后，青菜摊完全收起，店内变成了京料理的居酒屋，一直到晚上十点（星期二公休）。在夜里昏暗的锦市场里，唯有池政和极少数店家透出灯光，气氛很特别。

## 在 SARA 吃京野菜自助餐

要吃到多种京都的家常菜おばんさい，最简单的快捷方式，Milly 建议去 COCON KARASUMA 古今乌丸，三楼的 THE BUFFET STYLE SARA 吃京风料理自助餐。

午餐 1580 日元，晚餐 2580 日元。

自助餐的和洋料理，坚持用当季最新鲜的食材，限时九十分钟吃到饱。但因为目标是京风和食，当然就会忽略西餐。

真的很丰富，不论京野菜做的沙拉和冷盘、生鱼片寿司或家常料理都很齐全，各式京风甜品都具备，吃完很满足。

虽说是自助餐但还颇为精致，口味也有层次、偏清淡，还有不同的小盘子让你放不同类型的食物。

于是 Milly 当天还玩起自己做豆皿料理的游戏，将各式料理和甜品，放在餐厅准备的小碟子内，配颜色排图案，乐趣更增一层。

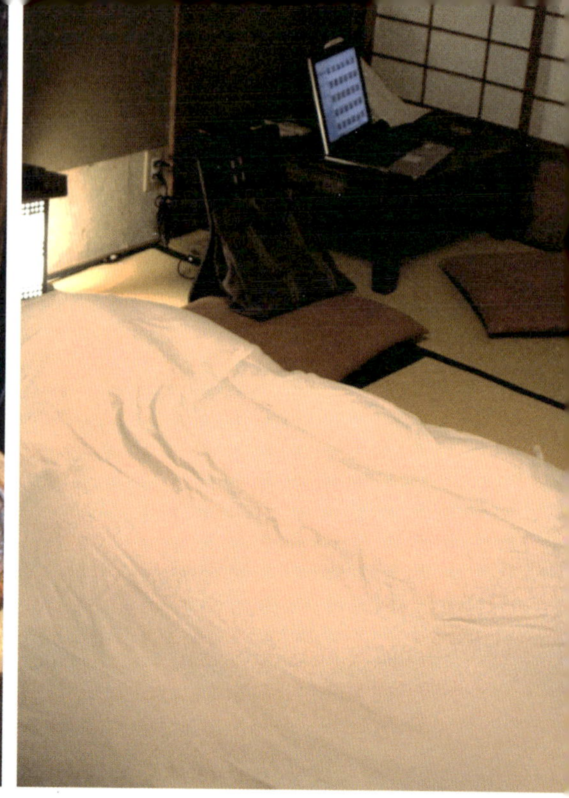

## 在柚子屋料亭旅馆
## 松茸大餐初体验

这里要大大分享的是，Milly 终于正式吃到了松茸，不是那种包在饭团里，或是装饰在几百元便当里做做样子的松茸片，而是真的一整棵烤来吃的松茸。

每当到了秋天，日本的美食情报节目清一色宣告着，松茸美食料理的季节来了，而且还一定要夸张地阐述松茸的香气和奢华美味。

每次看见市场上那一篮动辄数万元的松茸和上万元的松茸套餐，都会想，哪一天 Milly 才有机会尝试。
终于机会来了！

Milly 这次幸运地经由联系，住宿在八坂神社旁的柚子屋旅馆，一晚一人住宿含早晚餐 33000 日元（两人一间，一人为 27000 日元至 33000 日元）。
真的就在八坂神社正门的旁边，不起眼的小门，爬上洒了水的石阶，山居模样的料亭旅馆就出现了。
男服务生穿着像和尚的衣服，有趣的是还都剃了小平头。
女服务生也是穿着低调的工作服，Milly 在住宿期间，分分钟钟都能感受到这旅馆的服务人员亲切有礼的不卑不亢，以及有一定距离却又无微不至的服务，很深刻地体会到京都旅馆的高质感。

称为料亭旅馆，因为一楼是餐厅，二楼才是客房。
最能显示这料亭旅馆风格的是，一进门那古意的炊饭厨房，怀旧的厨房大灶上放着三个大铁锅。
因为格调优雅，料理美味，二〇〇五年十月开业以来，被诸多杂志介绍推荐着。

一共有九间房间，Milly 住宿的是角屋位置，可以从阳台看见祇园，屋内呈现京都精致的雅，每个小细节都不放过。
房间是榻榻米附浴室洗手间，肥皂沐浴乳香精等都是柚子屋独创的品牌，有的房间还附有书斋和桧木桶的浴盆。
不过沐浴 Milly 当然选择一楼的大浴池，因为大大的桧木池中，放着一颗颗柚子，淡淡的香气，超幸福。

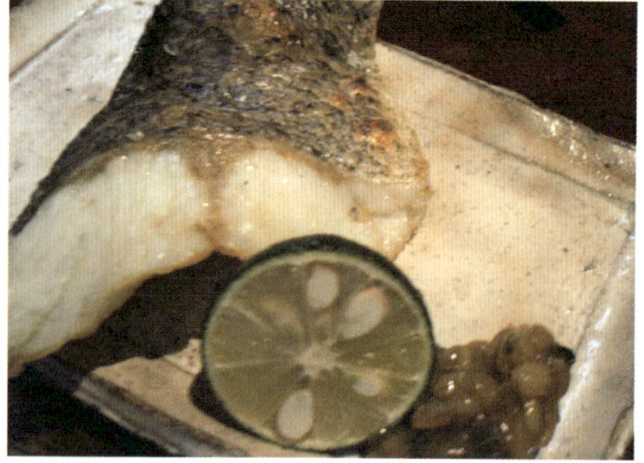

柚子柚子，柚子屋旅馆的主题就是柚子，当然重点的餐食也是柚子喽。
最出名的是鲷鱼柚子锅，把天然鲷鱼片放进以柚子片起味的汤头涮着吃，之后用汤头煮出柚子味的杂炊粥。
每样菜都很精致，很帅很和风的细眼睛小平头男服务生，每样料理上来都很优雅地说着料理的食材和料理方式。
最特别的要算是前菜的五谷丰饶，将新鲜的京野菜长葱及爆香过的新米串，用竹编篮子装盛着，沾着天然盐和柚子味噌吃，象征着秋季的丰收。
好像艺术品一样地出现，视觉味觉双重享受。

然后晚餐的重头戏之一，正是秋季旬料理烤松茸，一棵松茸用手撕成大约八片，用炭火烤个三四分钟，有些金黄焦色，就可以沾些天然盐或柚子汁来吃，或是就这么尝它的原味也可以。

啊～～原来是这样的口感。

的确是很有咬劲，口中香气环绕。
闻闻看，有微妙的香气，但又似乎没有美食节目外景主持人形容的那样，有让人魂牵梦萦的绝世香气。
Milly 很认真地用味觉视觉和嗅觉，来体会着记忆着这松茸经验。
就是这样，热爱日本 B 级美食的 Milly，终于完成了秋天奢华美食松茸的初体验。

二〇〇六年秋季松茸是大丰收年，价钱比往年低。
Milly 路经河原町的高级蔬果专卖店，偷窥了一下，依照松茸大小与产地质量，那年的松茸一篮大约 1 万日元至 3 万日元不等，果然吃松茸是日本秋季的赘沢行为（赘沢是日文奢华富贵的意思）。

第二天的早餐，Milly 选的是杂米粥。
精致的京野菜用豆皿料理的方式呈现，还有烤鱼，清淡口味的蛋卷，以及关西风较浓的味噌汤。
最体贴的服务是，离席前问你要喝什么。
之后就将热腾腾的手冲咖啡，用古董杯端到房间来，真是体贴。

## 在なこみ宿都和 B 级美食

如果预算不够，一样可以体会京都美食的旅馆。近年才重新装潢的なこみ宿都和，一宿两食 13000 日元上下，淡季网络优惠甚至可以万元有找哦。
最好的是距离车站很近，从京都车站走过去约十五分钟左右，位于东本愿寺和西本愿院寺中间的位置。

外观很京风摩登，进去后接待厅不大，但有很多旅游杂志可以翻阅。
房间是榻榻米，也不大，但电视是液晶的。当然也因为 Milly 住的是单人房，如果是双人房或是四人房就会宽敞些。
地下室的大浴场一般，房间的浴室却很新颖摩登。

晚餐在房间吃，有人会嫌料理不多，不过 Milly 以为这样的价钱和位置，这样的料理很充分了，尤其对女生来说，或许才正刚好。
而且，一样有松茸哦，虽说只是汤内的一薄片。
料理没有特别的装饰或怀石概念，但是颇好吃。
服务员一次送上所有料理，也很有效率，客人也可以放松用餐。

早餐在餐厅内吃，有精致的京都汤豆腐。Milly 豆腐偏食，不过一样感谢地吃下就是了。
Milly 下次来京都或许还会住这家旅馆的原因，除了位置好价钱合宜，还有就是那间古建筑风味的咖啡屋 SECOND HOUSE 西洞院店，就在旅馆的巷子口。
旅馆周边也都是风味古雅的旧町家，黄昏散步很有风味。

都和
都和
都和

室町通三条上る役行者町361（京都三井gardenHotel附近）

星期日～四 11:00~20:00；五、六 10:00~21:00
星期三休

## 在町家 Salon & Gallery 苍吃意大利面

在原本是和服店的一百四十年町家改造的老铺内吃意大利餐，该是多么美好又浪漫的事，就是这样 Milly 来到这间 Salon & Gallery 苍。

推开写着苍字的暖帘，呈现的空间是所谓的和风摩登。
落地窗外是风雅的日式庭院，桌上是刀叉和玻璃高杯，美好地矛盾着。

中餐套餐居然可以1500日元起，最让人惊艳的是令人不禁连呼美丽可爱的方格盘饰前菜，还有手工面包加上当日意大利面五选一。
每样都是美味精致，吃完大大满足，最后还有甜蜜的芒果冰沙。

如果你想对自己更宠爱一些，点份2500日元的中午套餐，除了前菜意大利面外，还有鱼或肉料理二选一，以及甜点和餐后饮料，非常超值。

晚餐就是3800日元至8000日元的套餐。
跟很多城市一样，中午套餐多数超值，晚餐套餐较贵，而且也倾向单点。
京都午晚餐的差价更大，几乎是三倍至五倍，如果你要享受京风美味，中午是明智的选择。

# 京摩登

# Modern

# 京 都 车 站

千年古都京都却有全国数一数二的摩登车站。第一次来到京都的人坐着 JR（Japan Railways）出站，如果事先没有了解，一定吓一跳。

因为建筑如此有气势和摩登，即使距离改建完工的一九九九年已经有些时间，还是可以看见日本人和外国人左拍右拍的，像个摄影大师般拍下京都车站的各个角落，当然 Milly 也是其中之一。

JR 京都车站的设计师是原广司，他的其他作品还有札幌巨蛋以及田崎美术馆等。

据说当年 Milly 的偶像安藤忠雄也参与了征选设计，因此会私心地想如果是安藤先生的建筑就更好。

偷偷说一下，Milly 其实有些恐高症，每次踏上那一层层手扶电梯，手都会抓得紧紧的，然后冒着汗。因此好天气时看见大家坐在高高的阶梯上，Milly 都只能在旁边看看，不是那么敢尝试。

京都车站的正门对面还可以看见京都塔，好天气时这京都塔会映在京都车站的玻璃上，很特别的感觉呢。

## COCON KARASUMA 古今乌丸

下京区乌丸绫小路上ル水银屋町 620

11:00~21:00（部分餐厅到晚间 12 点）

无休

二〇〇四年四月开幕，位于阪急线乌丸站及地铁乌丸线四条站的交叉点上。而这所谓的四条乌丸交叉点，可以说是京都的正中心点。

时尚风的大厦外墙是绿底的古典天平大云图样，前身是一九三八年建成的旧丸红ビル，之后由建筑师隈研吾先生重新改造，完成今日融合过去和现在，摩登但是不失古意优雅的模样。

天平大云图样选自唐长的唐纸，云是祥云的意思，代表吉兆。

馆内有 SARA、闲、老香港酒家等九间饮食店。

生活方式主题店面，则除了卖唐纸的名店唐长外，老香铺松荣堂开的 imsn，这里也有专门店。

Milly 最推荐的是其中一间由京都精华大学规划的 shin-bi，兼具展览艺廊和设计商品的专卖店。

在这自然光充足的店面空间里，可以发现很多年轻设计师创新又新鲜的商品。这里同时卖多国的设计书籍，如果你偏爱设计和创意，这里绝对有让你满足的礼物。另外一楼的欧风生活杂货店也有很多亮眼的作品，Milly 也很喜欢一楼餐厅边的花坊。总而言之这是一个很有风格，动线很舒适，又机能完善的综合现代消费大楼。

Milly 在这里悠闲地看着花坊，欣赏着京都年轻设计师作品的创意，买了唐纸做礼物，还在 SARA 吃了丰盛的自助餐，使用了舒适的洗手间，两小时滞留，充分享用了这空间。

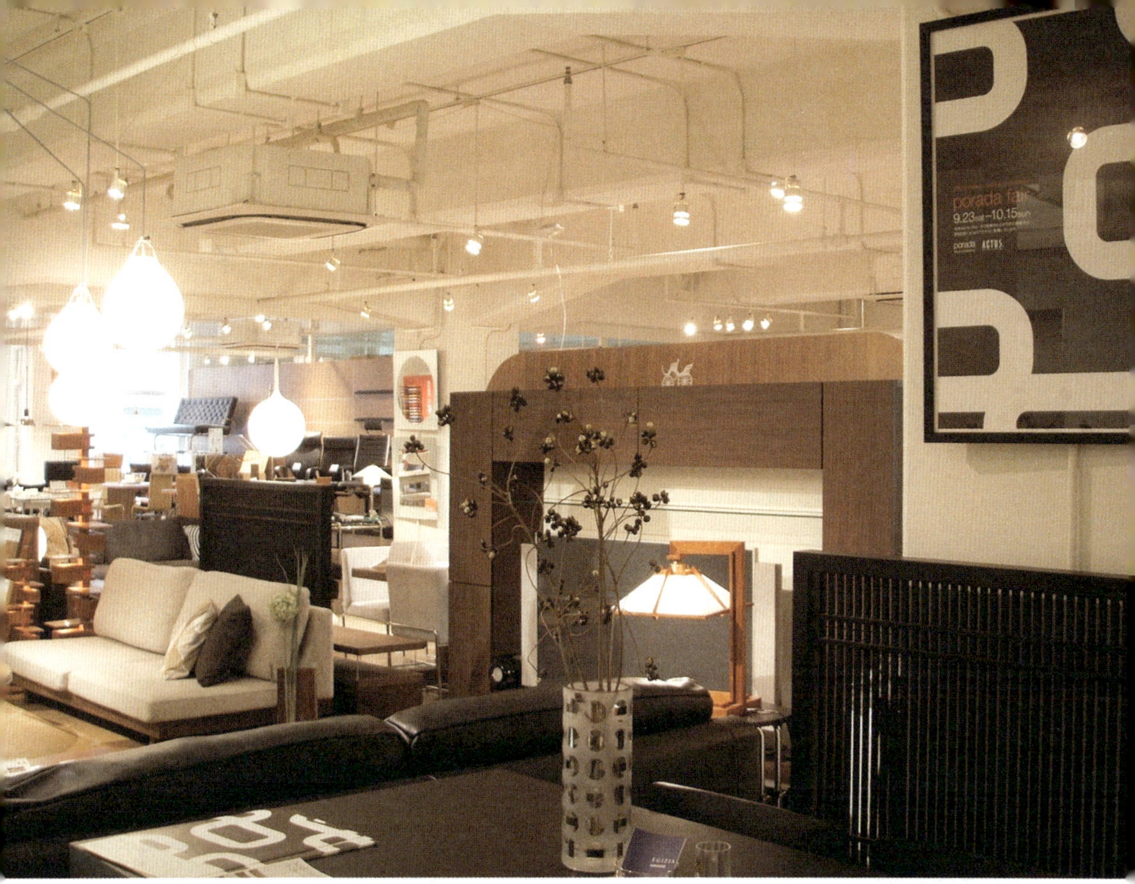

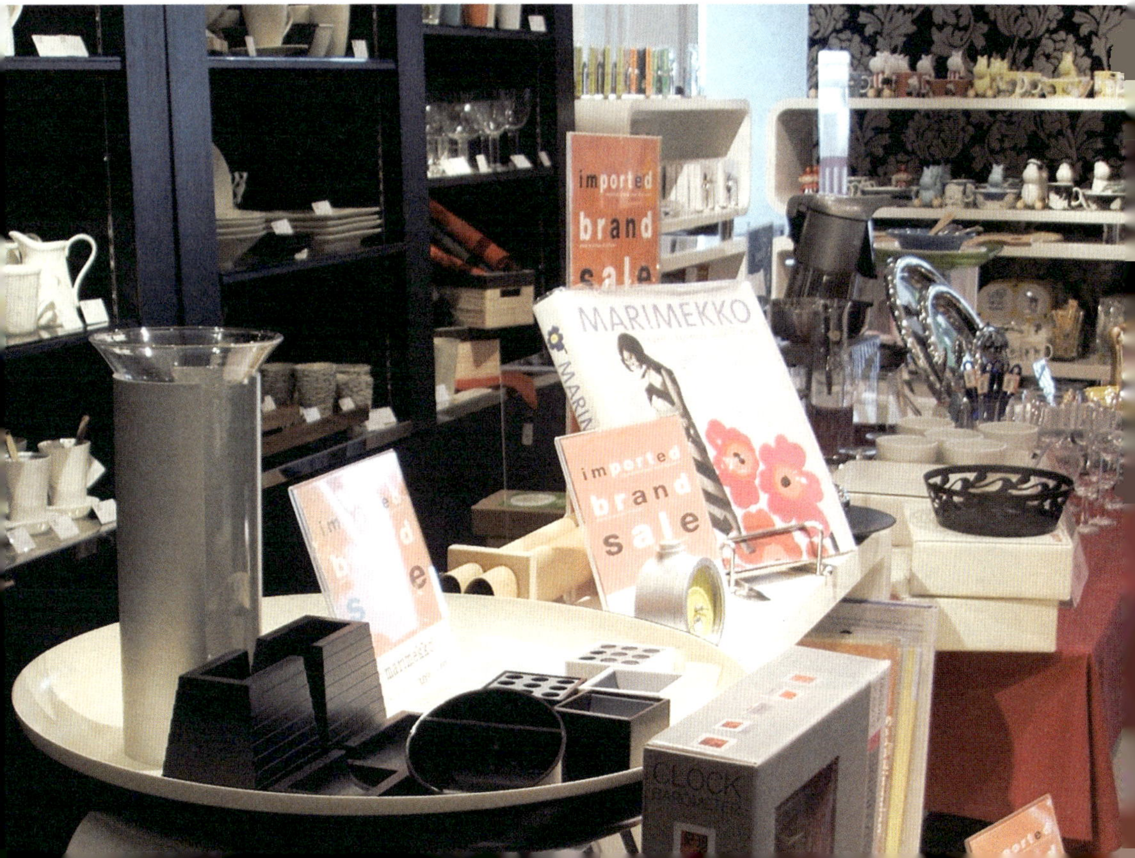
imported
brand
sale
MARIMEKKO

## 和カフェ yusoshi+codomoshow

午餐很经济或许是这间摩登时尚的咖啡屋吸引附近年轻人的主因之一，午餐千元有找，大约 700 日元至 800 日元，供应的是健康的和风料理。

但是这里的重点，还是这间咖啡屋的空间设计风貌，首先外观是一整面黑色玻璃外墙，细长的楼梯边有三个信箱画着三个图案，分别是五楼的咖啡屋，四楼的办公室，三楼的店铺。

上去五楼的和カフェ yusoshi+codomoshow，午餐点了 700 日元的和风鸡肉盖饭。

偌大的柜台有 DJ 台的味道，从 Milly 坐的柜台位子看去，靠窗的位置最好，另一边则是一大面月色壁画的沙发区。

整体感觉像是个现代画廊，白天是明亮的风格，晚上则是经由照明设计的规划，走迷幻风。

不是很好找的一间店，招牌不显眼，以整面黑色玻璃外墙的时尚摩登大楼来辨认比较容易。

御幸町御池上ル亀屋町 378　ムーンビル 5 F

11:00~23:00，周末到凌晨 2:00

## SOU.SOU

说到京都的时尚摩登，SOU.SOU 一定可以名列其中。
在和カフェ yusoshi+codomoshow 同一栋大楼的三楼，也有 SOU.SOU 的分店。
SOU.SOU 的精神是用京都传统织布，创造出时尚的产品。品牌名 SOU.SOU 源自日文そうそう的发音，意思是“对对～就是这样”，这里更指商人应对客人的笼络语。

店里最有人气的商品是用伊势木棉做的足袋鞋子（日文称之为地下足袋），欧美的时尚杂志也常介绍。

除了传统的和风图案外，伊势木棉印上一二三四等数字的图案，更是 SOU.SOU 代表性的创意商品。
台北的信义诚品日文馆内，现在也有卖 SOU.SOU 的商品，大家可能已经不是那么陌生。
只是在这栋楼内的 SOU.SOU 馆，还有家饰等居家商品，最吸引人的当然还是那挂在墙上的一匹匹衣饰木棉。

## 东福寺的方丈庭园

把寺庙放在京摩登里介绍？
Milly 有没有搞错？！
当然是有一定的逻辑，才会这样归类哦。
将东福寺归在京摩登的领域内，是因为这寺庙内有很现代设计品味的方丈庭园。

东福寺是京都的赏枫名所，照日本朋友的说法，只要是赏枫期间，东福寺简直就是人人人，都是人。所以如果你真的是来赏枫，会建议在早上比较早的时间，避开人潮。其实即使是淡季，东福寺还是塞满了一巴士一巴士的旅客，毕竟这是一间广阔达七万坪的著名大寺庙。

好在那天 Milly 刚好跟一大群学校旅行团擦身而过，所以可以暂时宁静地漫步在有名的通天桥。
但是那天 Milly 真正的目标，不是那的确很气派的通天桥景致，而是另一端的方丈庭园。

这里的方丈庭园是重森三玲先生在一九三九年做的枯山水式禅院庭园，先看见的枯山水景致是波纹的石沙加上石柱，含意 Milly 不明白，只知道那石柱是排列成北斗七星的位置，但是很喜欢那几何的图案，你不觉得很时尚吗？

而最摩登的象征就是其中的井田市松和小市松庭园，前者是用树木修剪的方格图形，后者是藓苔和角石围成的方格图案（称之为市松模样）。
方格的图案真的很摩登，很有设计感，跟一般传统的和风庭园不同。

为什么说是市松模样呢？
就是两色配置的和风格子图案，在和服和歌舞伎演员的衣服上其实经常看见，只是没想到居然是传统的花纹。

# 京 暮色

## Dusk

因为不是高层大楼，不是高楼帷幕玻璃窗透出的冰冷蓝光，而是温暖的昏黄，所以京都的暮色可以如此柔和而暧昧着。

京都最动人美好的暮色景致，Milly 推荐贴近祇园的白川边和花见小路通，以及八坂神社边的石塀小路和靠近鸭川的先斗町。

祇园是指京都的中心地，以八坂神社为主要范围的区域。
之所以称为祇园，引经据典的理由是八坂神社旧称祇园社。
更正确的方位，祇园指的是北起白川南通新桥通，南到团栗通，西从大和大路起，到东侧的东大路为止。
不那么麻烦的话，基本上八坂神社前，面对四条通两侧，或是花见小路两侧的区域就是广义的祇园。
白天游逛祇园总觉得少了什么味道，黄昏的暮色下，似乎才能见到祇园的风情。

祇园等于花街，是花街就有茶室和料亭旅馆，以及穿梭在巷弄间的艺伎舞伎。

只是以上都是很难入门，只能从周边窥看的部分。于是 Milly 的祇园就换个角度，企图抓住一些接近幻觉的景象。
这些在昏黄朦胧中捕捉到的景致，正是 Milly 之所以每次来京都，总是要到祇园周边自我满足的原因。

要在祇园散步流连，沿着花见小路走向建仁寺，是最不容易迷路的路径，但 Milly 更推荐的是以巽桥为起点的路径。
巽桥架在白川南通旁的白川上，低矮的木栏杆，两边是垂柳。
斜角一侧面对祇园有名的甜品屋ぎおん小森，另一斜角是辰巳神社，辰巳神社旁白川边是灯笼排列。
大家都要在这里拍照留念，甚至有些旅行团还会安排美丽的舞伎合照。
毕竟这个区域，就是 THE 祇园最直接的写照。

白川南通—新桥通之间的町屋，已经列为建造物群保护地区，这个路段也正是在暮色中异常美丽动人的区域。

白川边的茶室和餐厅，窗户透出昏黄中朦胧的灯光。
窗内是厨师和侍者忙着准备晚间饮食的模样，窗外是垂柳和樱花树，木桥彼端是带着羡慕眼神的观光客，一种微妙的对照。

要抓住这暮色要手快眼快，尤其是冬日，一会儿就天黑了。
黑夜中的祇园，似乎更有难以亲近的距离。

錦天満宮

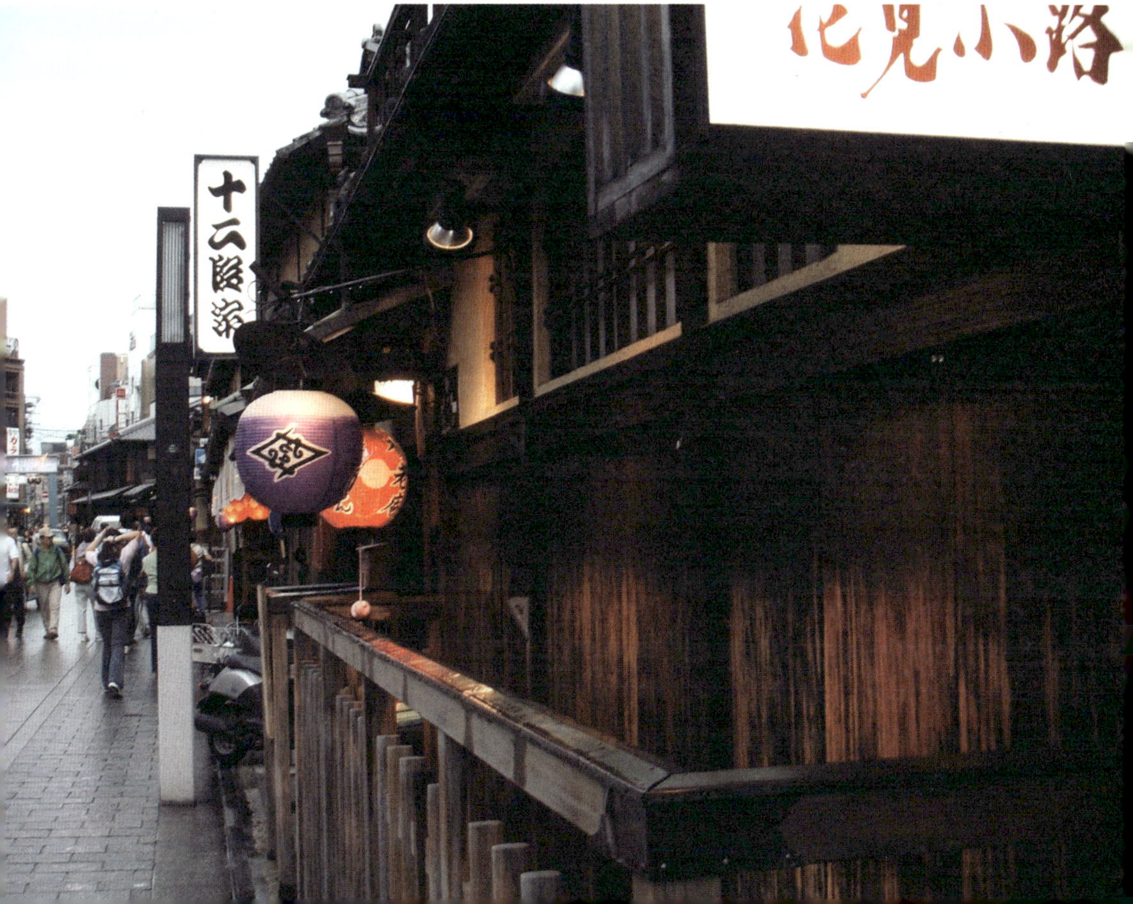

# 石塀小路

石塀小路的位置是从八坂神社的正门进去，通过右手边的西楼门，沿着下河原町通走下去的大约第三个巷口。
沿着石坂路一路走下去，有一些怀石料理餐厅和旅店。
因为这些町屋的地基部分，多数是使用石墙结构，就是所谓的石垣，所以有石塀小路之称。
Milly 极度推荐在黄昏时刻来这个路段游逛，暮色中自己长长的身影拖在石坂路上，加上窄巷内两边的料亭和旅馆，门边的灯笼招牌透出的昏黄灯光，别有风情。

这个路段也因为很有京都风情，是很多摄影家和杂志取景的地方。
假设你想试试自己的摄影功力，这里绝对是最佳位置。
如果是白天，经过八坂神社沿着石塀小路，走向二年坂、产宁坂，前往清水寺的路径，也是很推荐的热门路线。

## 先斗町

先斗町正确的位置，是三条大桥和四条大桥之间，贴近鸭川堤岸西侧边的古老花街。虽说先斗町是京都三百多年来的五大花街之一，但最近几年来这里不是寻欢作乐，而只是吃些东西的人也不少。

这里的暮色风情，在于料亭和茶室外吊挂着的红色灯笼。

夏天在先斗町餐厅推出去的鸭川纳凉床上吃川料理喝啤酒，则是热门的夏日活动，大家几个月前就要抢着预约宴席座位。

Milly 企图在这路段的黄昏中捕捉的，则是那红灯笼上的千鸟图案，为什么这花街图案是千鸟？

据说，日本人形容喝醉酒的人走起来的步伐，就是千鸟步，两脚交叉扭来扭去的不稳步伐。

因此就用千鸟来表示这里是会喝酒喝到醉醺醺的场所。

# 番外 京夜色

对京都的夜晚探险升级，Milly 至今依然却步。
虽说出发之前还信心满满地以为，都已经四十的年龄应该可以有气魄地出入料亭，但毕竟门槛还是有些高，再等等，有一天一定可以更自在地消费京都真正酩酊绚丽的夜晚。
现阶段的京都夜晚，暂时还是喜欢到百货公司的地下美食街，买些精致的京风餐盒回旅馆享用。或是更简单的晋级途径是，订一间供应早餐晚餐的料亭旅馆，这样就能安稳享用京料理，又没有点菜和预约的门槛。至于餐点的精致程度，就看料亭旅馆的价位，可依自己的经济能力来决定。

当然也不是全然绝望，如果一个人在旅途上，晚上还是可以做一些小小的探险。
Milly 这次找到一个地方，适合一个女子晚上小酌一杯，位于从锦市场切入的柳马通上的面酒家京都五行，GOGYO KYOTO。

为什么叫作面酒家？
原来日本的荞麦面屋，从江户时期以来，原本就是喝喝酒，吃点小菜最后再吃碗面的形式。
所以这间餐厅就沿袭这个传统，不但提供各式一品料理和酒类，也有独创的焦烧式拉面。

于是呢，Milly 就可以这样，一个女子在灯光优雅的柜台前，点一杯五行自家酿的梅酒，配上一碗黑漆漆的焦烧风拉面。
很特殊的风味，闻起来很香，吃起来真是要小心烫到舌尖，焦油在汤头上层，温度吃到最后都还是滚热的。

至于好吃不好吃？有些个人观点，只能说是很难忘的拉面经验。

在京都还有一间适合一个女子优雅地吃一碗拉面的地方，是位于 COCON KARASUMA 古今乌丸地下一楼的天天有中华拉面。
这间拉面的本店是位于一乘寺区域的人气拉面店，在市区中心则是以时尚的内装为卖点，因此即使一个女人也可以轻松进来。
营业时间为早上十一点至晚上十点半。

京都五行

柳马场通蛸薬师下る十文字町 452
11:30~15:00，17:00~0:00

# 京 意境

# Mood

旅途中都是晴天自然很好，偶尔穿插个不破坏兴致的雨天，其实也不坏。
这次前后接近两星期的京阪之旅，很微妙，几乎是晴天阴天微雨天这样地进行排列着。
Milly 的习惯是，通常会在出发前大致规划一些区块的散步，如果不巧遇见雨天，就会做些小修改。

如果真是几乎成为灾害的大雨，当然就要更认真地更改行程。

这次好在几乎都是微雨天，还是要撑伞，但是也不至于有湿了裤脚的狼狈。
尤其是微雨天做寺庙的巡礼，竟是更绝佳的情境。
唯一要注意的是，如果要去鞍马山，和贵船神社周边的寺庙之类的，因为有些山路比较陡峭，雨天多少不便。

而往大原三千院的路程，避开雨天也只是因为 Milly 私人的喜好，因为三千院的庭院有着一片苔庭园，在阳光洒下林梢的情况下，苔庭园的光影变化是极有魅力的景致，所以除非是真难避免，若前往有美好苔庭园的寺庙，Milly 就会刻意选择阳光好的天气前往。

这次是在红叶繁华前夕的十月初前往京都，为的是避开红叶旺季的人潮。Milly 坚信寺庙的巡礼最好是安静的，人多总是少了些意境。
不能观赏到瑰丽浪漫的京都红叶，的确有些遗憾。但想到“人人人”的人潮拥塞，还是有些却步就是了。

一个微雨天前往大德寺，可能因为时间还早，擦身而过的游人不过两三个，于是奢侈地享用着大德寺在雨中朦胧的空灵。

用厚重的竹枝架出的栏杆，延伸出往高桐院的路径，在雨中更是意境绝佳。
用手去触摸被雨水滋润的竹栏杆，好微妙的细致光滑，跟一般塑料竹子的触感真是天差地别。
然后深深吸一口气，纯净的空气和湿气，像是可以洗净身心一般。

据知高桐院也是赏红叶的京都名所，暗自看着杂志上的图片，幻想了一下枫红绝艳的模样。
然后……看着依然深绿的枫叶。
哎，微雨中枫叶挂着一串晶莹剔透的水珠，真是极美。
赶快拍下，抓住一瞬。

再前往当日有开放的瑞峰院，400 日元的拜观料（门票）。
独自一人观赏着雨水洗刷后的独坐庭和闲眠庭。据知独坐庭的枯山水意境在冥想观赏时，似乎可以从波纹中听见潮水的声音。
然后闲眠庭，似乎可以看出庭园中浮现的十字架图案。

Milly 的内在修为不够，能体会到的只是宁静安稳，也足够了。
其实光是蹲在湿湿的石径上，用相机捕捉挂着水珠的可爱苔藓，一样有被抚慰的幸福感受呢。
出来时，依然贪恋地以意识深深呼吸着清新空气，嗯……甜蜜的香气。
一阵阵地渗入身体，低调、隐约而含蓄，却是如此甜蜜的香气。
依着香气搜寻，原来是一株繁盛开花的桂花，正毫不吝啬地依附水气，散发着香气。
低调而奢华，甜蜜而不腻，这香气。
真好，除了真好还是真好。

这次的京都之旅就是这样，总可以隐约闻到盛开桂花的香气，甚至有时坐在巴士上，穿过巷弄时，偶尔也会一阵桂花香气从开放的车窗扑鼻而来。

非红叶的初秋，繁盛的桂花，可以留意。

如果大德寺的微雨天如此美好，Milly 就想对照一下，在秋高气爽的晴天，在大原的三千院散步是否有同样的意境。

那天还在犹豫要不要远行去大原，一大早看到窗外的天空晴朗，迫不及待从大阪坐上阪急线前往京都，再转京都巴士，在大原的终点站下车。
因为脑子里出现的画面是三千院庭园里，阳光洒在青苔地上的模样，还有那有疗愈力量的、青苔地上的石菩萨。

从巴士站走到三千院，脚程大约十五分钟。才进到入口就被一只在名产店前晒太阳的猫咪给留下了脚步。
真悠闲，Milly 也要这样哦。

十五分钟沿着清凉的溪流顺坡道上去，一点也不乏味，因为有不少大原风味的工艺品店和野菜腌制店。
这里的腌制小黄瓜，是整条串在竹枝上卖的，据说是新名物的边走边吃零食，很健康的。

进到三千院拜观料 500 日元，先跟着老先生老太太们一起坐在庭院回廊前观看聚碧园。如果要更写意的感觉，多花个 400 日元还可以在此享用抹茶和点心，只是 Milly 一心挂记着最爱的青苔和阳光。

没久坐就离开庭园，经过往生极乐院——啊！看见了，就是这个模样，光线和青苔的最完美组合，Milly 最偏爱的景致之一，心满意足。
雨滴中的青苔虽然可爱，但是在光线下，在阴影的舞弄下，那一大片的苔园更是让人感动。

然后找到了，那曾经在大原旅游海报上看见的，三尊置放在青苔园里的阿弥陀石像。
两尊是相依的，或许有些冒犯，拍下来有些恐怖。
另一尊单独在两树间合掌的阿弥陀石像，则是可爱可爱可爱……
光是看着都让人会心一笑的温暖，果然是疗伤系。

Milly 的身影长长地拉在青苔园上，自己也是这大自然一体的感觉，真好。
就是这样，Milly 在一个晴天的三千院，完成了自己的京意境。

KYO-NO.

城
久保田
山定

Santa Maria Novella
Tisaneria

# 京 暖 帘（のれん）

可以说，京都没有了京町家，街头景致就不那么风雅；而京町家没有了暖帘，就没有了京都的风味。

京都的暖帘是京都美意识最直接的表现。

在京都的街头街尾散步，捕捉不同风味的暖帘表情是一大乐趣。

以下就是 Milly 搜集的暖帘特辑。

# 京私路

# Private

如果是 Milly 的游记，那就是 Milly 风格的游乐方式。
主观无法避免，毕竟不是企图写一本数据丰富的导游手册。

因此，如果是 Milly 的京都旅行日志，有几个自私点就不能避免。
总之勉强无幸福，出书归出书，玩得开心才重要。
而且如果不喜欢，硬要说喜欢，就一定会露出马脚。

所以，虽然不是什么了不起的大人物，Milly 还是要宣告关于京都的几大 NO。

首先，不喜欢事先预约，因为怕时间和脚步被牵绊。
因此就会放弃大部分必须预约才能做的体验，以及要预约才能吃到的套餐。
房间倒是不在乎预约，毕竟提早预约会有好价钱，也不会错失订房的时机。

机票 Milly 更是超小心，九月底出发，大约三个月前一定会先订位，毕竟出发要出得了发才成。

第二，进去每一间京都寺庙，不是很情愿付出拜观料。

这单纯是小气和价值判定，进一间只是满足观光纪录的寺庙，花 500 日元会想还不如去一间想去的咖啡屋，买一段咖啡时光。

因为几乎大部分的京都本，都会很认真推荐寺庙路线，Milly 就偷闲闪过。

如果境内自由，不用付出入场料金，就姑且去去（小气）。

下面有条路径，就是介绍几间不用入场费的寺庙。只是有些寺庙即使要收拜观料，还是想进去一下，但尽可能一天以两间为限度。

第三，Milly 不喜欢豆腐。

什么豆腐宴、豆腐怀石、豆腐皮（汤叶）……没感觉就是没感觉，勉强不得。

少了豆腐的京都，会不会残缺？

因为超级豆腐偏食勉强不得，不是不吃，只是不知为何非吃不可。真的放在套餐内，基于惜福的逻辑，是会很快速地倒进肚子内的。

第四，Milly 以为抹茶不好喝，和菓子不好吃。

因为不是那么爱吃甜食，自然对偏甜的和菓子没幻想。

不过据说京菓子大部分的甜度都会控制，所以不会完全放弃。

抹茶？则是近日对抹茶的周边点心慢慢有好感，例如抹茶冰激凌，所以似乎还有发展空间。茶道的抹茶就除非想在京都做作一下，否则不考虑尝试。

第五，不穿和服，不尝试艺伎装扮体验，很贵又很滑稽（纯主观）。

第六，京都如此美好，人潮如此烦躁。

所以即使知道枫叶京都最美，想到四处是人潮也只有放弃。

京都在六个 NO 之外，其他都是 YES。

排除六个 NO 之后，以下就是 Milly 精心挑选，而且自己能从其中得到愉悦心情的京私路。

京私路就是 Milly 京都私路线的简称，不好意思总是自作主张自以为是地自我满足着。

# 白川通的美好私家散步路径

白川通是京都南北向的主要道路，从宝ヶ池一直到南禅寺为止。更简单的界定，白川通就是沿着鸭川支流白川的主要道路。
接下来就请跟着 Milly 一起走一趟，愉悦的白川通周边美好散步路径。

Milly 的路径是从白川通的一乘寺区域开始，再回头往南禅寺方向前进。

首先一早乘坐五号市公交车在“上终町京都造形艺大前”下车，然后前往诗仙堂。可是如果看导览，要去诗仙堂应该是在“一乘寺下り松町”下车才是，怎么提早两站下车？
这就是悠闲散步之外的技巧了，因为过了“上终町京都造形艺大前”这一站，就越过了 220 日元的区域乘车区，用一天 500 日元的乘车券就要补差额。
其实从“上终町京都造形艺术大前”走到“一乘寺下り松町”最多不过十五分钟，沿途有咖啡屋、稻田、和洋风和菓子屋，边看边走一点也不枯燥。

到了“一乘寺下り松町”站牌附近，右转上坡沿着诗仙堂的参道方向前进，但是建议先在路口的一乘寺中谷小歇喝杯茶吃个京风点心。

一乘寺中谷是和菓子屋老铺，第三代的主人名叫中林英昭，曾经在日式料亭进修过，之后才继承家业。

而他的妻子在婚前开过洋菓子店，所以现在的一乘寺中谷不但在菓子铺内开了和风咖啡屋，点心的风貌也是很有趣的和洋融合，非常悦目又好吃。

一乘寺中谷的三色お豆タルト是人气商品，但是 Milly 的心意坚定，还是点了那用鸟兽戏绘杯子装着的布丁。

因为二〇〇五年夏天在写《超完美！日本铁道旅游计划》时，曾来到这里买了白底杯子的豆乳布丁，这次换个口味，买的是蓝底杯子的抹茶口味豆乳布丁，这样一来，一蓝一白，Milly 就可以收藏一套喜爱的兔子杯。

这间店最好的还有早上九点就开店，很适合早上参拜寺庙之前来个早餐 Tea Time，只是要留意星期三是公休日。

在柜台选好点心，可以点杯咖啡在店内享用，布丁加咖啡 730 日元。

如果是十一月枫红季节，周边的圆光寺是赏枫名所，一乘寺中谷就整个月都不休息。

喝了好喝的咖啡，神清气爽的往诗仙堂前进，大约十分钟不到（但是，是上坡）就到达。

诗仙堂（或称诗仙院）。

原是幕府诗人石川丈山在一六四一年兴建的山庄，因此诗仙堂全名是诗仙堂丈山寺。

诗仙堂一名的由来意外地很中国。

原来这庭院内的“诗仙的间”绘着中国汉晋唐宋期间三十六位诗人的肖像，因此叫作诗仙堂。

可惜不能拍照，否则真想让大家看看，大家熟悉的李白、杜甫、李商隐的画像在京都寺庙内呈现的模样。

诗仙堂拜观料是500日元，大大推荐，尤其是像那天的微雨天。

从“小有洞门”上去，经过石阶，就是入口。

只能说诗仙堂在雨天真是湿意又诗意，在廊前坐下看着典雅的石沙庭院，然后听着那微妙的间歇传来的“ししおどし”的声音，真是整个心灵都被洗涤一般。

“ししおどし”是日式庭园演出的一环，你一定看过，就是计算水量，当竹筒重量够了，就会下垂撞到竹枝干，发出低沉的“咚”声，之后水流光了，再抬起，积水够了再下垂，就是这样反复着。

ししおどし也称之为“添水”。

院内种着四季不同的花朵，可以慢慢散步观赏，只是偏执的 Milly 还是最爱那微雨中的苔藓。

离开诗仙堂，回到白川通，然后往曼殊院道前进。先到了叡山电铁的一乘寺车站，然后目标是一间非常有名又可爱的书店惠文社一乘寺店。

惠文社一乘寺店是一间木质书店，因为书架地板都是深褐色的木色。
说是书店，但绝不只是书店，因为这书店的意念是，创作一间充满书本的生活杂货屋。
所以这里书虽然很多，但绝不是单纯地卖最新最畅销的书籍，而是在书架上陈列有想法的主题书籍。
店员会将书一本本很美丽地组合着，让你光是看着书在书架上的样子，就是一种舒服的享受。
例如，那全是猫咪主题的书区，就让 Milly 流连。
设计书和小说是主体，西洋书则直接从法国进口，绘本更是全世界都有，很丰富。
因为是书籍和生活杂货屋，惠文社一乘寺店还卖精选的 CD 和 DVD，并于二〇〇六年夏天在一旁增辟了“生活馆”，专区卖生活杂货。

在这里买书不是机械化的，而是像参观一间生活艺廊的散步气氛。
可能是在设计艺术大学附近，这书店很有艺术和人文风，或许该说这是一间精致的京都诚品书店。

营业时间为早上十点至晚上十点，除了日本过年期间外，全年无休。

从书店出来，接近中午，目标是左转第一个巷口的可爱咖啡屋つばめ。

つばめ是两位京都艺大的同班同学花了三个月时间自己动手装修完成的小小精致咖啡屋，つばめ是燕子，所以立在巷口的招牌有只燕子，店内也有印着燕子的茶具在卖。

让 Milly 惊讶的不只是这咖啡屋的舒服精致和可爱，还有中午的套餐实在非常经济（800 日元），有机健康兼美味好吃。

看过一个网站这么形容着：这里的餐点好像是精心煮给恋人或家人般，着重健康美味和爱情的料理。Milly 深表同感。

营业时间上午十一点至晚上八点半，星期一公休。

今日の定食 800円
・揚げさんまの
おろしポン酢
・三度豆ともやしの
ナムル
・胚芽ごはん
・みそ汁 ・漬物
今月のコーヒ 400円
グァテマラ：中深
つばめ

本来以为，Milly 会就此满足，走回白川通继续前进，谁知又多喝了一杯茶，多吃了次中餐，因为以下两间咖啡屋，一间特色太诱人，一间太可爱不能不进去。

从つばめ出来，沿着比叡电铁走着，本来只是要走到茶山站，顺路去看看 Milly 最喜欢的京都咖啡屋之一，在东鞍马口通上的 prinz。但是想起随身带的咖啡屋杂志上记载着，在 prinz 附近有一间写信的咖啡屋 Coari，于是立刻循图找去。是在京都著名的菓子屋“一善や”隔壁的二楼，一楼是古书店。

Coari 的全名是“信纸咖啡馆”，主题是你可以上来喝杯茶或咖啡，然后在这里写封信给你最重要的人，因此这咖啡屋有卖明信片、信纸和世界各国的邮票，桌上也放着笔筒和橡皮擦等文具。

只是 Milly 真心说，比起杂志和书上的介绍，这店的内装没有想象中的清新，反而有些陈旧的气息，似乎渗透出了不是很年轻的女主人那微妙的倦怠，所以只是匆匆喝了杯加了蜂蜜的姜茶就离开，没留下时间写下一封信。

营业时间是早上九点半至下午五点，星期二公休。

Coari

prinz

紙を書きたくなったら
コーヒーを一杯ー
レターセット・ライティング用品あります。
COFFEE HOUSE
喫茶
2F

可是这小小的失望，立刻被白川通上的启咖啡馆所抚平，Milly 甚至不顾体重又吃了当天的第二顿午餐。

启咖啡馆位于白川通，京都造形艺术大学对面，完全是 Milly 理想咖啡屋的形式，纯白的石墙，木质的桌椅，丰富的植物，有机健康意念的餐饮，以及不经意穿入的光线。
Milly 在等着 SOUP 套餐端上来之前，贪心地拍着店内的每一个角落，幻想如果有一天 Milly 要拥有一间咖啡屋的话，一定要是这个样子。
跟つばめ一样，启咖啡馆也是店主小泉摄先生花了一年半的时间，一点点照着自己的理想完成的咖啡屋，所以才会每个角落都如此充满巧思。

午餐的汤是 Milly 喜欢的西红柿口味，里头的猪肉鲜润可口，面包是手工的，小菜很精巧，总之满分。
下次还要在一个美好的午后，来这里喝杯酒。
没错，这里还是间可以品尝美酒的咖啡屋，期待下次的经验。

营业时间上午十一点半至晚上八点，星期日公休。

之后你可以顺线，或许可以勇敢地沿着白川疏水通走向南禅寺的哲学之道，但即使是 Milly 也只敢尝试一次，沿着白川通一直走到知恩院附近东山区。除非真的过于无聊，Milly 还是建议转搭巴士，前往银阁寺入口，继续哲学之道的散步。

曼珠沙华

# 哲学之道的个性步道

彼岸花又称为曼珠沙华，是 Milly 深感魅力的花卉，所以当踏入哲学之道的入口，看见川岸边丛生的曼珠沙华时，就觉得一种莫名的幸福。

依照往常，Milly 是从银阁寺的入口开始哲学之道的散步，但是也跟往常一样，放弃银阁寺，只沿着哲学之道随性散步。
不是说嫌弃银阁寺，只是去过了，就会把时间留多些给新的路径探索。
Milly 看过一张雪景中的银阁寺，很有意境。
如果是个下雪天，就绝不会放弃银阁寺。

在前往法然寺之前，先去一间充满猫咪情绪的 ORGANIC CAFE Margaret。
当然这不是一间猫咖啡屋，而是一间讲求有机的咖啡屋。
近期日本各地充满了有机概念的咖啡屋和餐厅，只要看见 ORGANIC，就是有机概念咖啡屋，要大大支持。
ORGANIC CAFE Margaret 位于往银阁寺和法然寺的岔路中间，其实很好辨认，就在哲学之道边上，有些低陷下去的位置，很显眼的欧风乡村屋模样。
首先就会被那窗户上画着的猫咪壁画给吸引。从台阶下去，里面是半开放空间，有个小花园，木桌椅，墙上画着很多可爱的壁画，猫咪是主要的题材。喜欢猫咪的人千万不要错过这间咖啡屋。
Milly 点的是有机花茶，如在这里用餐，料理是以健康的玄米餐为主，也有天然酵母面包做的三明治。
咖啡当然也是有机咖啡，这里所有饮料和餐点都是有机的。
是两个小女生经营的咖啡屋，充满女生细心和体贴的布置。
除了餐饮，这里还卖有机咖啡豆、有机巧克力、有机花茶和有机肥皂等。

两个女生，タカトモさん负责料理，イズコさん负责甜点和饮品。两人八年前在同一间咖啡屋打工相遇，然后相约有一天要一起开咖啡屋，于是分别在其他咖啡屋工作和上课学习，终于在七年后开了这间可爱的咖啡屋。
希望这间可爱的理想咖啡屋，能一直在哲学之道上幸福地存在着。

营业时间是上午十点至下午七点，星期三公休。

离开了可爱的有想法的温馨咖啡屋，接下来要去的是在京都人心目中，同样温馨又有想法的寺庙法然寺。

进入占地不是很大的法然寺，首先看见水波纹的白沙坛，据说走过这水波纹的沙坛，会有心灵洗涤的作用。

虽说是一家不收拜观料的寺庙（除特殊开放时期），但是处处看得见住持的用心，像是那日，在境内清泉“善气水”的水器里，不经意放着当季的芙蓉花，非常典雅。

听说最美的是山茶花的季节，整个寺庙像是装置艺术一般，布置了茶花，光是想象就想再来。

如果你是写《细雪》的日本作家谷崎润一郎的书迷，法然寺有他的墓碑，可以凭吊。

现今法然寺第三十一代的贯主（住持）是梶田真章，毕业于大阪外语大学德语部，观念很新，甚至会在寺庙内开辟法然院森的教室，讲述环境的问题。

同时这住持还首创了寺 LIVE，在寺庙内开电音演唱会呢。

所以日本的京都书籍在讲到法然寺时，几乎都会提到这位很受爱戴的住持。

离开法然寺，继续沿着哲学之道散步，不需走太久，从一旁的岔路再进去，有一间很容易被忽略的小寺庙大丰神社。

在大丰神社里几乎看不见观光客的身影，毕竟不是什么光鲜亮丽的古寺。
Milly 是为了这里的两只可爱的老鼠而来。
老鼠？其实也不是，是一种类似老鼠的神兽。
说是“狛鼠”，很可爱呢。
这大丰神社的一座神社内由这两只狛鼠坐镇，一个抱着酒坛，是祈福长寿，一个拿着书卷，保佑学问增进。

看见进大丰神社的人，大约都是拿着相机来拍这两只狛鼠，所以不大的寺庙内会有清楚的指标，告诉你狛鼠的位置。

顺便一提，在法然寺和大丰神社之间，有家不错的露天座咖啡屋，叫作 Café Terrazza，就在哲学之道的疏水道边。里面放着爵士音乐，点杯咖啡，吃个点心，是哲学之道散步小歇的好地方。

如果你要和风气氛，那就继续往前走些，去那间怪头娃娃よーじやカフェ银阁寺店，喝杯抹茶，来道和风甜点。

虽说是银阁寺店，其实更接近法然寺和安乐寺，离银阁寺还有些距离。从哲学之道入口的银阁寺走到这和风咖啡屋，大约要二十分钟，要有心理准备。

青莲寺

离开よーじやカフェ后，Milly会走出哲学之道，往南禅寺前进，南禅寺之后，再往平安神宫前进。

在游过平安神宫之后，可往东山方向走，经由神宫道，走到三条大通，Milly通常还会忍不住再转个弯，前往最爱的青莲寺，看看青莲寺前的几株大树。

之后经过三条通上的东山青年旅社，先会看见白川的古旧桥墩，之后就顺着白川一直随性散步。

一直走到知恩院前的白川区段，停下来在川边小歇。

这个区段的白川上架着细长的人行步道，黄昏中两边的柳树飘扬，很有味道。

之后在东大路通上，找一辆可以回京都车站的巴士上车，结束有些长但总是愉快的散步。

如果还有体力，就可以转往知恩院继续散步。

或是到东大路上的一泽帆布、一泽信三郎帆布店，买个帆布包当作京都给自己的礼物。

平安神宫

白川沿岸

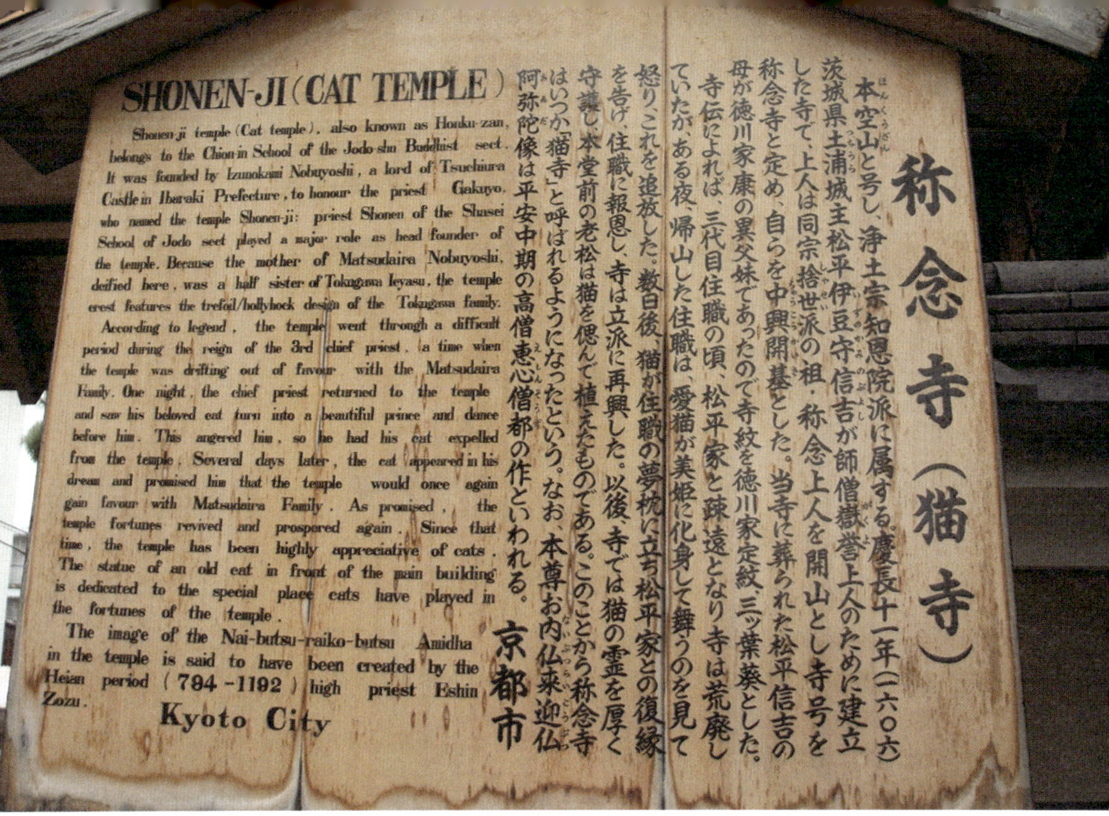


# 西阵的怀旧风情路线

在知道京都有一间猫寺之后，就暗自决定一定要前去看看。

找过数据后，知道是在西阵区域，于是就规划了一条由猫寺开头的怀旧风情西阵路线。

猫寺建于一六〇六年，正式的名称是称念寺。

只是当天路痴的Milly依原计划坐公交车在“乾隆校前”下车，依图寻找还是迷路。

迷路到无计可施之后，问了路。

问猫寺在哪里？

当地人很快就了解，老先生还说不是猫寺哦，是称念寺。Milly也知道，可是不会用日文说称念寺。

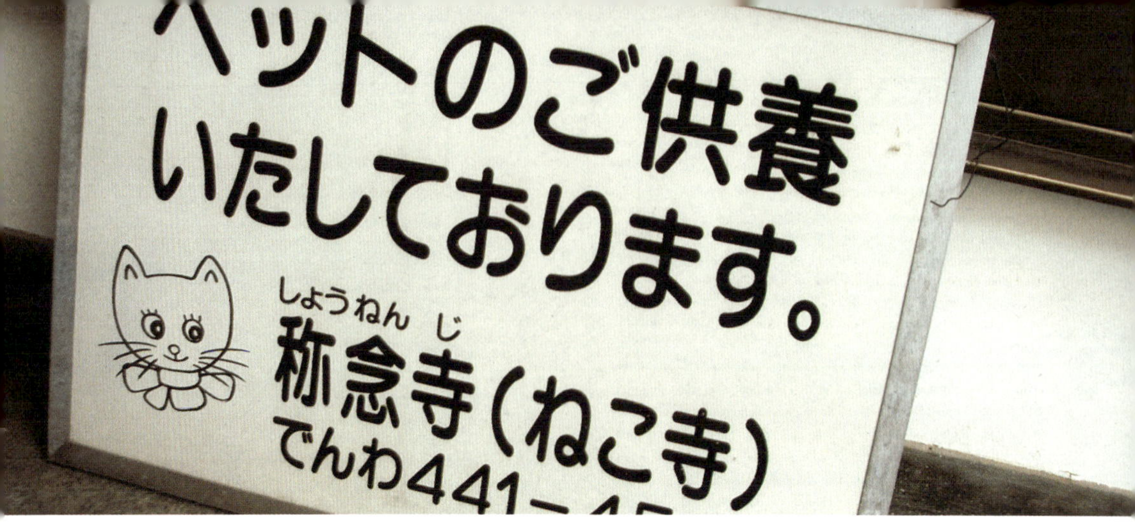


悲剧的是，根据老先生的指示，Milly 还是迷路了。继续找了位年轻小姐来问，立刻了解，马上指出位置，也可见猫寺小有名气，至少在那个区域。
所以如果你是猫迷，想前去猫寺，迷路时就用中文写下“猫寺”，一定可以沟通。

终于 Milly 走到称念寺前，又是一间很不起眼的小寺庙。
可是有很清楚地注明，称念寺为什么是猫寺？

据说第三代的住持“还誉上人”因为某些事跟当时的领主有些误会，致使称念寺被排斥孤立，而陷入贫困之境。
在如此贫困的状态下，还誉上人还是喂养爱猫食物，于是爱猫在一个月明的晚上，化成了公主的模样，在寺庙内跳起舞来。
还誉上人一见，发起脾气说：“我已经这么困苦了，你还作乐。”于是赶走了爱猫。
几天后，爱猫在夜里来到上人枕边，说几天后会有一个武士来，请好好招待，自然会有好事发生，说完就离去了。
果然几天后来了一个武士，说是依照女儿的遗言，要葬在称念寺，同时还帮上人跟领主说和，于是称念寺从此又兴盛起来。为了纪念这故事，于是就称称念寺为猫寺。

只是，那天猫寺小小的寺庙内看不见住持，也看不见一只猫。据说庙前的老松的姿态是模仿猫的姿态就是了。
只知道如果爱猫升天后，可以在这寺庙供养。不只是猫，爱犬也可以。
本来资料上还说有猫御守，没看见住持也无从问起。

不过能来到猫寺，对于爱猫一族来说，也是愉快的。

离开很特别的猫寺，下一站是附近更特别的寺庙钉拔地藏。
如果你不是猫迷不去猫寺，可以从钉拔地藏开始西阵的散步，先坐公交车，在“千本上立壳”站下车，约走两分钟就会看见。

钉拔地藏正式的名称是石像寺，由弘法大师在公元八一九年创建，据说当时庙里的本尊地藏菩萨是由弘法大师亲自雕塑。
这尊地藏会保佑脱离苦境，因此也称苦拔地藏。
那么苦拔地藏是如何变成钉拔地藏？
又是一个故事。

在公元一五五六年左右，当时京都的一位大商人突然两手剧痛，怎么医治都无法减轻痛苦。
于是来到苦拔地藏祈愿，当晚就做了一个梦，梦里地藏对他说：“你的前世因为招人恨，遭人用人偶诅咒，两手被钉上了钉子，所以你正在代为承受着痛苦。但是我听见你的祈求，答应救赎你，你看，这就是那两根钉子。”
第二天一觉醒来，手不痛了。
赶忙到苦拔地藏前一看，果然看见有两根沾了血的钉子，于是大商人为了报恩，在此参拜了一百日，苦拔地藏也因为这传说渐渐变成了钉拔地藏。

从此这里祈愿减除病痛的希望不是写在绘马上，而是写在板子上，上面有钉子和拔钉器具。
形成了京都寺庙中，最奇特的祈愿景象。

离开奇特的钉拔地藏，回到千本通继续往前，可以去一间卖特殊形状昆布的店家——五辻の昆布。

五辻の昆布的店面就在千本通和五辻通的交叉位置，创业于一九〇二年，是一家专门制造各种昆布食品的店。

本来日本昆布的价差就很大，名品昆布的价位会超出你的正常判断。

Milly 厨艺不精，本来不会想来这昆布店，只是呢，这间老铺里，却很创新地卖着超可爱的昆布零食。

兔子图案的，星星图案的，心形图案的，真的超可爱。

据知夏天主要是兔子图案，秋天就是枫叶图案热卖。

营业时间早上九点到晚上六点，星期日公休。

离开五辻の昆布后，Milly 转入五辻通朝本隆寺方向前进。因为在这条巷子里，有一间绝对值得专门前去，提供亲子盖饭的老铺餐厅——西阵鸟岩楼。

日本家常料理中，Milly 最爱之一是亲子丼，如同台湾家常料理中最爱是蚵仔煎一般。只要知道哪里有“特选特级”的亲子丼，不管地址有多难找，绝对会不屈不挠地找到最后，直到吃到为止。

知道京都有那么一间好吃的限量亲子丼，仅在鸟岩楼鸡肉料理餐厅的午餐时间供应，地点在京都西阵地区。

于是在西阵游逛路径上，就一早排上这个据点，而且安排在中午时间。

在不断迷路加上问路后，终于看见了那町屋上旧旧的招牌鸟岩楼。

中午限定的 800 日元亲子丼，十二点开始供应到两点为止。似乎真的很热门，只要是中午上门的客人，几乎都是冲着亲子丼来的，所以只要客人一到就立刻带上二楼，一楼玄关更有清楚的指示牌写着“亲子丼请上二楼”。

二楼古意的榻榻米座位，满满坐着等着吃亲子丼的客人。老板娘的手脚利落，反正不用点餐，一坐上位置倒好茶，三分钟不到，热腾腾还冒着热气的亲子丼，附上浓浓的鸡汤就上桌了。

真的非常非常好吃，如果说这是Milly吃过的有限的亲子丼之中最好吃的，也不为过。鸡肉鲜甜有咬劲儿，上面满满的滑蛋，几近奢华地铺了整碗，800日元物超所值，极力推荐。
如果赶不及中午两点以前的亲子丼，可以晚上来这里用餐。
这里其实真正的本业料理是鸡肉锅，一份大约7000日元，稍微贵些儿就是了。

地址是五辻通智惠光院西入ル五辻町75（本隆寺附近，市巴士今出川净福寺下车后徒步三分钟），营业时间是中午十二点到晚上八点，星期四公休。

满足地吃完极品好味的亲子丼，接着目标是好吃的面包。

从鸟岩楼的巷内走到大马路今出川通上，在西阵邮电局的一旁，一间老铺面包屋大正制面包所（大正制パン所）。
之所以叫大正制パン所，是因为这间老铺面包屋开在大正八年（一九一九年），很简单的理由。

人气面包是咖喱面包和土司，Milly 则依然坚持买最爱的怀旧红豆面包。
因为是坚持使用天然酵母，面包有独特的风味和咬劲儿。
还因为这里的土司强调使用长期发酵的天然酵母，不用鸡蛋、砂糖和油，即使对蛋过敏的人也可以吃。
该说是间秉持了很 SLOW FOOD 概念的面包屋，老铺却有现代的 LOHAS 精神。

营业时间是早上七点至下午六点半，星期日公休。

和风浓郁的京都，除了意外有很多欧风怀旧咖啡屋，同样意外的是，也有很多几近百年的老铺面包屋，例如位于堀川通和松原通交叉口路段的まるき制面包所。
而且更意外的是，京都居然是仅次于神户，日本第二大面包消费城市。

这次没能好好介绍，却是日后极有兴趣去探访的题材。

买完怀旧风面包后，可以沿着今出川通走到和千本通交叉口，去一间怀旧咖啡屋静香（在《京咖啡》一章有介绍）喝杯咖啡。或是稍微延展一下区域，乘坐公交车经由今出川通堀川通转入丸太町通，开始另一段悠闲的丸太町荒神口的路径。

# 丸太町荒神口的闲散步调

丸太町荒神口的路径，是从位于丸太町通和油小路通交叉路口的布屋开始。

かふぇ“布屋”又称为小宿かふぇ“布屋”，因为这是间提供住宿的京町家民宿，所以称为小宿。
かふぇ是咖啡馆，就是coffee的意思，因此这里不但提供住宿，也附设咖啡屋。

这是一间很有人气的京町家民宿，B&B形式，住宿一晚6500日元。
诸多日文杂志都大力推荐，因此几乎半年前就要订房，而且除非是极有限的淡季期间，完全不开放单人住宿。
因为布屋只有三个房间，每天提供三组客人住宿。
Milly经常是一个人旅行，即使憧憬又憧憬，想住这民宿看看，也很难实现。
不能如愿住宿，好在还可以去探访喝杯咖啡，也是不错。

布屋咖啡开放的时间是中午十二点到下午六点，在住宿客人吃早餐的同一空间，可以偷偷体会一下在这里住宿的感觉。

咖啡很香醇，蛋糕很可口，不用多说。

在享受美好咖啡和点心的同时，视觉也要充分享受，好好浏览一下这典雅的空间。

布屋咖啡使用的是京都几何工房的建田先生制作的拭漆桌椅，周边也都是古董柜，放着古董瓷器。

喝咖啡的杯子，放着抹茶以及芝士蛋糕的盘子，当然也是古董风味。

店内角落插着有意境的花卉，使用的是和风的花器。

音乐却是西洋的爵士风，和洋风情微妙地融合在一百二十年以上的京都町家空间内。

除了喝杯咖啡，午餐时间这里也可以用餐。

如果乘坐地铁，在丸太町站下车，沿着丸太町通步行到布屋约十五分钟。

乘坐巴士是在“堀川丸太町”站下车，约走三分钟。

从布屋出发，步行到晴明神社约十五分钟，而在布屋的斜对面是香品和蜡烛老铺财木屋。

Milly 的路径是在浏览过财木屋后，沿着丸太町通朝着京都御苑和鸭川慢慢散步，虽说路径有些长，但沿线感觉不错。

当然如果手上有张很清楚的巴士路线地图以及公交车一日券，也可以充分运用，将之后的行程连起来。

沿着丸太町通游逛到京都御苑，进去京都御苑之前，如果想用餐，在京都御苑入口对面柳马场通巷口，有一间以有机野菜和炭烤地鸡为卖点的町家餐厅ツキトカゲ。

ツキトカゲ是町家餐厅中比较少的类型，餐厅用围墙围住，然后房舍前还有露天座花园，据说是一位资本家的房舍别栋所改装的。
餐厅内装以白墙为主题，希望营造出一种和风加上度假屋的感觉。

使用的是来自签约农家的有机蔬菜，鸡肉则是来自宫崎的日向鸡，以及来自九州岛阿苏的土鸡。
中餐预算大约800日元，晚餐就要大约3000日元以上了。

午餐时间是上午十一点半至下午三点，晚餐下午五点至晚上十一点，星期三公休。

如果不用餐就可以直接去绿地广大的京都御苑，然后从清和院御门穿出，往京都御苑东侧的梨木神社去。

在梨木神社喝口京都三大名水“染井的水”，摸摸井水边的一棵“爱之木”，祈求爱的心愿达成，欣赏梨木神社的荻花，买个绘有荻花的陶铃。

然后走出梨木神社，穿到河原町通往荒神口走。

Milly 在路径上发现了一间很可爱的咖啡屋叫作 THE GREEN，本来想去喝杯茶，但下午茶时间已过，漂亮的年轻老板正在送客。

她很友善地答应 Milly 进去咖啡屋内拍照的要求，室内果然如外观同样清新可爱，是 Milly 偏爱的咖啡屋样子。

只是回到台北，怎么都无法在网络上找到 THE GREEN 的相关数据，可爱的咖啡屋也只能暂时是模糊的印象。

到河原町通后往荒神口走，在荒神口附近，有间像是杂货屋的面包屋 hohoemi，一定要去哦。
从河原町通上“荒神口”交叉点的荒神口邮电局进去，接近荒神桥的地方，就可以看见这白色石墙的可爱面包屋。
第一印象会怀疑，这是咖啡屋、面包屋，还是生活杂货屋？

答案是：都是，hohoemi 是面包屋，但是店内附设小小的咖啡屋，店门边还附设了生活杂货区。

原来店长下村先生在面包店工作过，太太则在生活杂货屋工作过，所以这间面包店才会有如此的杂货屋风格。
店名是 hohoemi，是日文“微笑”的发音，因为老板常常带着笑意，外号是 hohoemi，于是开店就用了这外号。

真的如店名，这是一间可爱亲切又温馨的小小面包屋。面包外观朴实很好吃，有着和老板同样温柔的味道。
买了面包，带回旅店，第二天在大阪的旅馆泡着红茶享用早餐，滋味不错呢。
如果是个好天气，就建议你买了面包和饮料，到一旁的鸭川边野餐，绝对更是好滋味。
营业时间是上午十一点至下午七点，星期四公休。

买了面包，Milly 的下一个目标是在附近的 SARASA かもがわ（SARASA 鸭川店），吃份略晚的中餐。
从 hohoemi 出来，往对面法务局边的巷子走，不到三分钟左右，就可以看见这间跟民宅混在一起的餐厅，标志是那只鸭子。

一楼是怀旧的北欧和日本古书杂货屋 STOCK ROOM，爬上楼梯到二楼的 SARASA かもがわ，呈现的是仓库工作室的感觉，天井很高，没有过多纤细的装潢，很自由的气氛。
窗边的位置最好，可以眺望鸭川，可惜那天没能占到。
点的是健康的玄米鱼饼午餐，配上中国茶。
其实这里咖啡很出名，还有卖咖啡豆。只是咖啡胃有限，要保留给下一间咖啡屋。
这间咖啡屋很校园风，或是该说很有人文气息，不但会办很多文艺活动，店内还可以报名上法文课呢。

营业时间是中午十二点至晚上十一点，星期四公休。

之后，走回河原町通，在丸太町的中央信用金库边新乌丸通巷子内，有一间很时尚摩登风味的咖啡屋 Café Choditto。

Milly 那天说实在的已经有些咖啡过度，本来想放弃，可是路经 Café Choditto，喜欢上那一大面玻璃外墙的外观，就忍不住从一边的和风感的小径进去了。

Café Choditto 的内侧花园边是“GALLERY NANA”，卖的是兼具设计风和实用感的宠物用品，以及跟宠物一起生活可以更舒适的设计风家具。
内装很摩登，里面可以随意翻阅的杂志也都是设计风格的杂志。
Milly 点了咖啡和抹茶起司蛋糕，尤其要推荐的是那抹茶起司蛋糕，真的非常好吃，更别说蛋糕淋上黑巧克力的摩登模样，真的是能令视觉味觉都满足。

可是别看这咖啡屋摩登的模样，其实也是明治时期京风民家改建的，因此店面数据会出现在“京都町家数据馆”的网页上。

营业时间是上午十二点至深夜十二点，星期三公休。

在回程路上，河原町丸太町的公车站前，Milly还发现了间很有风味的花店，后来看数据才知道，原来这是一间很特别的花店古董店合二为一的店面徂徕。
这花店的花不是西洋的花系，而是以能跟和风的器皿相符的和风花，例如茶花、牡丹等。

等车空档还可以进去看看花和古董，是不错的消磨。
如果不急着坐公交车回程，再往前走一些，在丸太町桥畔鸭川边则是《京川岸》一章中推荐的川边花坊和咖啡屋合并的露天咖啡座カフェリュ・エルゴ，小歇后再上路。

# 北山贺茂川的自我满足路径

Milly 的北山贺茂川的自我满足路径，是从上贺茂神社出发的。

为什么说是自我满足，因为这路径上有很多选择，Milly 只走自己偏好的据点。如果恰巧你也喜欢，那就下次也尝试看看，或是在这路线上发现你自己的偏好。

上贺茂神社号称京都最古老的神社，作用是用来守住京都这古都的鬼门。

前往上贺茂神社最简单的方式是搭乘四号公交车，在上贺茂神社前下车。

进入上贺茂神社过了第二道朱门，可以看见那两座锥形的石沙，即是表现阴阳道的立沙。至于为何是锥形？

据说是象征神山的模样。

上贺茂神社跟阴阳道有什么关系?
先这么说，前面说了上贺茂神社是京都最古老的神社，有多古老?据说可以回溯到平安时期迁都京都之前。而上贺茂神社所祭祀的别雷神，则是大家熟知的阴阳师安倍晴明的祖先，上贺茂神社的别称正是贺茂别雷神社，可见其关系之密切。

Milly 很喜欢这个神社的原因，是朱红色的神社很美，立沙很有故事，附近的贺茂川沿岸很多绿荫，还有进去不用拜观料。

上贺茂神社最有名的行事是五月十五日的葵祭，和之前五月五日的贺茂竞马。
说到马，上贺茂神社还有三个跟马有关的体验，一个是去抽由可爱的马儿叼着的签，看看是大吉、小吉还是末吉，然后去看神马，接着去神马堂买个点心。

神马是一只马，名字叫作しんめちゃん，每个星期日会在社前的神马社跟大家见面。你可以花点钱跟它许愿，不是拿钱给神马，而是花些钱买神马喜欢吃的蔬果，神马社里就有准备蔬果，不用去外面买。
至于灵不灵?（笑）暂时没数据参考。

Milly 去的当日刚好是星期日，所以跟神马しんめちゃん见了面，它颇亲近人，也似乎很习惯镜头。

われております。
自身の吉凶を伺うおみく
と縁のある馬に結わえ、
様のご神意として、皆
るものです。

看完了神马，最适合的下一站地点就是去神社入口边，公交车上下车处附近的神马堂。

神马堂卖的是包红豆的小烤饼，这小小的朴实的烤饼名叫“葵饼”，一个120日元。如果买得多，就会装在画了神马的包装纸里，Milly每次都买一个，只有小小的白色纸袋，拿不到可爱的神马包装纸，只好拍拍店前的神马暖帘。
这间神马堂老铺早上七点就开门，很特别。
下午三点关店，据知，通常晚去都买不到，所以如果怕错失品尝的机会，可以在一早到达时就买。
星期二更是只开到中午十二点，星期三公休。

陶工房
賀茂窯
Café
kamogama

离开上贺茂神社不过才九点多，Milly 原本的计划是先在贺茂川边散步，然后去一间 Café 贺茂窑，喝一杯清爽的早晨咖啡，回忆着那年滞留东京学陶的日子。

可是十点一到，Milly 准时前往已经开店的 Café 贺茂窑，店员却一脸错愕，原来是数据错误，的确贺茂窑是十点开门，但是这个陶艺教室的附属咖啡屋却是十一点开始营业。

本来应该就此放弃，但实在太喜欢这位于贺茂川边的咖啡屋，或许露出的表情很失望，可爱清秀的店员于是很友善亲切地进去询问，然后跟 Milly 说如果是喝一杯咖啡就可以破例，只是要准备一下，磨咖啡豆煮水，可能要稍等些时间。

真是太温馨和亲切了是不是?

当然愿意等喽。于是那天 Milly 可以在这间可爱的陶艺教室咖啡，放着精致作品的柜台座位上，用着手制的陶土咖啡杯，喝着好喝的咖啡，然后眺望绿意围绕的贺茂川。

对了，差点忘了说。

Milly 还配上刚才在神马堂买的饼，当作咖啡点心吃。

只是如果你去，请记得正确的开店时间是上午十一点到下午六点，星期三公休，咖啡一杯 500 日元。

高山寺

喝完了亲切的人情咖啡，原本只预定在贺茂川边散散步，然后走到京都陶板名画之庭朝圣安藤忠雄。
过了御茵桥，过了上贺茂桥，在北山大桥附近却发现一间位置更好的川边咖啡屋Café Noinah，于是稍微更改行程。
因为当天买的是公交车一日券，就改为先坐公交车去京都陶板名画之庭，然后再乘坐公交车回贺茂川边，在 Café Noinah 吃中饭。

京都陶板名画之庭在京都植物园的旁边，到了现场你会发现，这真的是个不大的艺术理念建筑。
典型的安藤忠雄建筑风格，水泥墙以及水的空间构成。
在建筑空间内，有复制的莫奈的《睡莲》，名画《最后的晚餐》和《鸟兽戏绘》等，在京都陶板名画之庭看到的鸟兽戏图是放大版，不看则已，愈看愈有趣。
画中动物的拟人姿态，异常生动可爱。

数据显示原画的作者为鸟羽僧正，创作于大约 13 世纪，但也有其他说法。
因为《鸟兽戏绘》画卷内的画风不尽相同，怀疑是多位作者的集合大成之作，而这画卷当时正是收藏在高山寺。
《鸟兽戏绘》一共有甲乙丙丁四卷，现在这画卷真迹的甲、丙卷收藏在东京国立博物馆，乙、丁卷收藏在京都国立博物馆。
因此要看真迹要去这两间博物馆，放大的模仿图在北山的京都陶板名画之庭，在高山寺反而看不到。

不过，到高山寺还是别忘了买一条400日元的鸟兽戏绘手帕，把国宝级图画带回家。
有蓝色和土色两种，Milly 买的是土色的，当手帕不舍得，想裱起来当装饰。

“鸟兽戏绘”又称“鸟兽人物戏绘”，将青蛙猴子和兔子拟人化，被说成是日本漫画的起源。手冢治虫的漫画，据说也是受这鸟兽戏绘所启发。
在京都很容易发现鸟兽戏绘，尤其是那兔子，出现在很多京文具、瓷器、扇子和茶叶罐上，嵩山堂はし本的名片和门面也都是那只可爱的京风兔子。

京都陶板名画之庭门票 100 日元。Milly 是从上贺茂神社走到上贺茂桥再转巴士前往的，走路约二十分钟，其实是条不错的路线，有好吃的面包屋、蛋糕屋，知名法国料理餐厅和教堂，因此这里也是京都的西洋婚宴举办区，跟东京白金区一样。
如果你只想去京都陶板名画之庭，坐地铁到北山站，出来就是了。

朝圣过安藤忠雄，看过可爱的鸟兽戏绘兔子们，接着就是幸福的午餐时间。坐了两站公交车回到贺茂川前，前往北山大桥附近川岸边的 Café Noinah。

Café Noinah 位于贺茂川边，Milly 那天去是个细雨天，川边的树木被雨洗刷得异常润绿，往宽广的窗外看去真是心旷神怡，好悠闲。
如果是好天气，落地窗会拉开，就更有度假风情。
基本上是一间很地域性、受当地高级住宅区居民喜欢的川岸咖啡屋，但是因为好评如潮，很多人也会特地从远处开车前来。

那天是雨天，又是非假日，但是十一点半多去，也几乎客满了。
某些资料写着的是，从早上十一点营业到晚间十二点，其实也没错，只是要留意午餐时间是从十二点开始，之前只能点饮料。
不过年轻的店员同样是很贴心的，建议你可以先点午餐，她们可以先送上附餐饮料，真是好服务。

店内有些波普风，很像东京下北泽的风格。
但是放着些大叶植物，多了度假悠闲的风情。
午餐 Milly 点的是夏威夷风情的汉堡肉饭，超级好吃！
（笑）因为这份餐点很有趣地集合了 Milly 的最爱，汉堡肉压得扁平铺在饭上，盖上荷包蛋，淋上有点椰汁的酱汁，一旁还有南瓜泥。
汉堡、荷包蛋、椰汁口味的南瓜都是最爱，完美的午餐，幸福着。
这夏威夷风情的汉堡肉餐的日文名字是ロコモコ (rocomoco)，发音很俏皮。

偏爱的神社，爱娇的神马爷爷，亲切的陶艺咖啡屋，安藤忠雄的建筑，然后美好的午餐时光，Milly 的自我满足之旅，很满足。

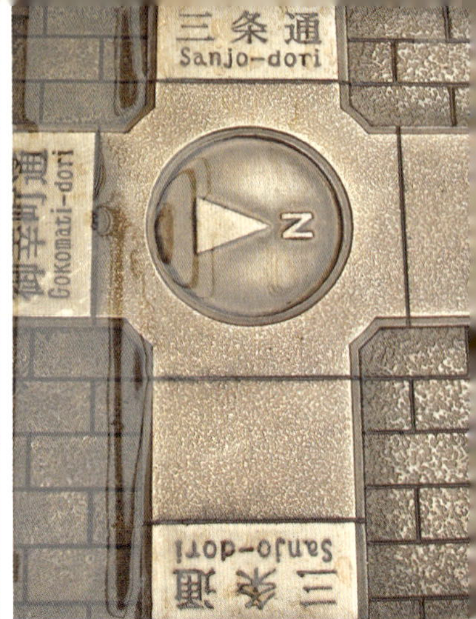


# 三条通 名建筑漫步

京都不像东京、大阪有很明显的闹市区，若是谈到主要购物消费饮食的市中心区，就该说是河原町区域。
或是更详细地说，是河原町通和四条通交叉口，河原町通和三条通交叉口的周边区域。

Milly 个人比较不喜欢大马路边的大丸百货、高岛屋百货、阪急百货等商圈，而偏爱以三条通为直线中心，跟乌丸通、东洞院通、柳马场通、富小路通等路交会出的区域。

三条通主要的热闹地段是“乌丸通—河原町通”所夹出的区块，从头走到尾大约不过三十分钟，甚至更短。
你可以走马看花，但如果多知道些故事，例如三条通上的名建筑，或许更能抓往这段路的内涵，多了些游逛京都的乐趣。

就从这栋位于三条和御幸町通交叉的1928建筑说起吧。

1928建筑这褐色大楼正如其名，建于一九二八年，前身是日本每日新闻京都分社，由建筑名匠武田五一先生设计。建筑上那个星星图案正是每日新闻的徽章。一九九九年经由建筑师若林广幸氏改建，现在的功能是艺廊以及办活动或话剧演出的表演厅。

Milly对这建筑的印象是，门口总坐着一些像艺术家的年轻人，还有他们停放的自行车，另外还有门前那辆不会被开罚单，日夜停放的古董汽车。

地下一楼是咖啡屋，如果你想体会这大楼的怀旧氛围，可以入内小歇。

继续往前经过一栋服饰、咖啡屋、餐厅兼备的综合大楼，到了街角就是よーじやカフェ三条店。Milly 在这里因为要拍下一直想记录的，呈现よーじや怪头娃娃的抹茶拿铁，于是进去点了一杯。

但刚好有电话打来，拍的时候图案已经有些模糊，就更怪头了。

至于味道，说句良心话真是普通，只能说是概念取胜，味道一般。

不过咖啡屋以红色和亚克力白灯箱为主体的内部装潢，倒真的很有时尚感，女生一定会喜欢哦。

seisuke88

跨过巷子般宽度的麸屋町通，沿着石坂路向前，看见的是町家改造的 Paul Smith 京都三条店。

而在对面有栋同样怀旧风的红砖建筑，那是三条ダマシン（也可以称为旧家边德时计店），这可是这三条通最老的建筑，建于一八九〇年，同时也是京都最古老的民间欧风红砖瓦建筑。

这栋建筑的一楼有三间服饰店，主要卖和风的创意服饰。

这里要提醒一下，说是三条或是什么富小路通等，其实都不是大马路，只是巷道规模。但过马路一定要留心车辆，不要错以为这是人少车稀的巷道。

穿过富小路通，本来有栋很漂亮的老建筑 SACRA 大楼，可惜去的时候外观正在整修中，好在内部风味依旧。

兴建于一九一六年的 SACRA 大楼，原本是旧银行的结构。
现在除了三楼的咖啡屋外，分割成很多卖创意商品的风味小店。

Milly 超爱那欧风古朴的阶梯，有着误入了过去时空的神秘感。

其实在京都期间来来回回去过这栋大楼好多次，原因是想在三楼的咖啡屋内喝那杯画着兔子图案的拿铁，可是第一次去迷路（因为外部整修），第二次去临时公休，第三次去，已经喝过其他咖啡迟疑没进去，第四次去又是临时公休，真是无缘。
这间咖啡屋的名字是 Cafe & Cake Sugary，数据上写不定休，难怪！
好在 Milly 发现了另一间非常可爱的咖啡屋ふふふ，就在从三条通右转入柳马场通的路上。

ふふふ全名是 Zakka and café ふふふ（FuFuFu）。咖啡屋的主旨是手工杂货以及悠闲地喝咖啡。
最大的特色是，这是间由京都有名的手作り市所发展出的咖啡屋，当年店长在手作り市很受欢迎，于是开了这家店，精致的手工蛋糕配上咖啡，很可爱地端上桌，不但悦目也很好吃。

店长同时邀请也是在手作り市展现梦想的手工杂货伙伴们加入，这间可爱的咖啡屋内的一面墙，摆满了各种有创意又可爱的杂货，小女生一定会连呼かわいいい（可爱）。
地址是柳马场通三条上る，营业时间从上午十一点至下午七点，星期一公休。

离开ふふふ回到三条通，看见的又是一栋古建筑——日本生命保险保健京都三条大楼，兴建于一九一四年，建筑师是辰野金吾。
别看它现在是灰色外观，以前可也是欧风的红砖瓦，经过整修才成现在的样子。
在日本生命保险保健京都三条大楼旁边，有一间跟周遭古老气氛不同的店 Shioya，卖着色泽艳丽的家居用品。

Shioya 卖的是北欧风的居家用品、装潢布料和杂货，经过这家店面一定会停下脚步，因为会被那店门前放置的光鲜货品吸引。

京都手作り市

一九八六年四月十五日在百万遍知恩寺首次举办以后，这个名为“手作り市”的露天市场，就成为关西年轻手工创作家展现才能理念，以及寻求知音、迈向成功的途径。
手作り是手工制造的意思，“手作り市”顾名思义，就是展示的东西都是手工制造，不论杂货或食品。同时参加者不可以是专业人士，只能是素人，就是还没开始商业经营的创作者。

固定每个月十五日在知恩寺举行，遇到雨天就延到十六日。

同样是先在手作り市出名，然后开店的咖啡屋，还有位于四条通巷内接近大丸百货的御多福咖啡。

日本生命保险保健京都三条大楼的对角则是有名的石黑香铺，手工制的京风香包是热门商品。或许定价会稍稍贵了一些，4000 日元以上一个手工香袋，是传统职人的作品，其实价值很难评断。

石黑香铺过去些，是 INODA 咖啡馆三条支店，总是客满的咖啡屋，比起本店，三条支店更加洋风，当然咖啡风味不变。在这老铺咖啡的对面，是同样老铺的分铜屋足袋。

足袋就是好像恐龙脚那样，把大拇指和其他四指分开来的和风袜子，用来穿夹脚拖鞋。
这里的足袋大约 3500 日元以上，是江户时期延续过来的老铺，可以充分体验到职人对质量的坚持。

分铜屋足袋在堺町通和三条通交叉点上，这里你可以分心向左转个弯，去一下堺町通上的 INODA 咖啡馆本店，或继续前进。

过了堺町通最显眼的是 Duce Mix，在古建筑林立的三条通上，这建筑的现代风格很突出。

连地下室共六层的建筑，有餐厅、杂货屋和京都艺品计划研究所。

一楼的京都设计屋，有展览，也卖京风概念的用品，喜欢设计艺术的人，不要错过。

到了高仓通的交叉点，三条通上最壮观美丽的古建筑就出现了，那就是欧风红砖瓦的京都文化博物馆别馆。

京都文化博物馆别馆兴建于一九〇六年，前身是旧日本银行京都分社，建筑师也是辰野金吾先生。

辰野金吾先生就是设计东京车站的建筑师，的确两者建筑风格有些类似。

京都文化博物馆别馆进去有京都艺术杂货屋和餐厅，其中由原来银行金库改装的阿蓝陀管咖啡屋，咖啡一杯 700 日元，进去小歇一下，可以充分感受昔日奢华的优雅风情。只是 Milly 更推荐的，是在京都文化博物馆别馆正门外的露天咖啡座 Social Design café Soboro 别馆。

Soboro ランチメニュー

Social Design café Soboro 以人、情报和食为主题，是强调有机和可持续发展的 LOHAS 的概念咖啡屋，位于京都文化博物馆别馆内。
露天座是 Social Design café Soboro 别馆，就位于京都文化博物馆别馆入口左侧，二〇〇六年六月开始营业。
阳光好的日子，这里真是消磨时光的绝佳据点，喝杯冰茶看着来往的行人，完全是度假风情。
营业时间是上午十一点半至晚上九点，星期日公休。

京都文化博物馆别馆再往前一些，接近东洞院通就是中京邮便局，也是三条通古建筑之旅的终点。
中京邮便局兴建于一九〇二年，设计建筑师是吉井茂则。
这建筑有名的传说是，该建筑保存下来的是建筑的外壁，内部反而是简单的典型邮局空间。

如果你对这建筑之旅还意犹未尽，可以从乌丸通转入一旁的姉小路通，走进一九二六年兴建，前身为旧京都中央电话局的新风馆，同时也继续另一种风格的姉小路通的优雅散步。

# 姉小路通的优雅散步

跟三条通平行有风味的路径，向上有姉小路通、御池通，往下有六角通、蛸薬师通和锦小路通。

选择姉小路通继续优雅的散步，是因为外围老店多，同时有新风格的生活杂货商店穿插其间的关系。

散步的路径，从寺町通路口开始，到乌丸通为止。

起点是姊小路通和寺町通的交叉口，创业于一六六三年的熏香和文具老铺京都鸠居堂。对面是创业于明治十二年（一八七九年）的洋菓子屋桂月堂，这里的蛋糕卷有着让人怀念的滋味，当然这怀念的定义是京都人的。

沿着姊小路通往前，可以探险一下，找一间非常低调的咖啡屋柳野。
柳野的招牌异常低调，只是不起眼的一个方形灯笼，推开窄门是意外的优雅清闲空间，据说在这只有八个位子的柜台上，喝杯用法国古董杯端上的好酒，是京都生活雅士的一大享受。
本来这里是中午以后就开始营业，可惜店主柳野先生贴出公告，停止了下午一点到六点的咖啡时间，改成只有晚上的BAR和晚餐的形式，因此Milly暂时无缘体验。

桂月堂
KEIGETSUDO
LA CONFISERIE
CELEBRE

在柳野的一旁是古董杂货屋ANTIQUE belle，店的标志就是那町家门前吊挂着的黄灯，印着belle。

Milly那天很辛苦地找这黄灯，去了哪？

左看右看……原来在整修中，好在招牌黄灯很明显地还吊挂着。

上网看，ANTIQUE belle在十月二日至四日整修，Milly去的时间还真巧。

这是一间很东京下北泽风的古董生活杂货屋，外观是町屋，店长前田先生以自宅改装，卖的是从江户时期到昭和期间的和洋古物，营业时间下午两点至晚间八点。古董价位不高，100日元至2000日元上下都有，挖宝是乐趣。

在ANTIQUE belle的斜对面，姊小路通和御幸町通路口上是受当地年轻朋友长期光顾的Park COFFEE。

Park COFFEE因为营业时间从中午十二点一直到晚间十一点，同时提供正统的意大利餐，所以对附近店家来说，这间咖啡屋就像是商店街老板的专用食堂。中午套餐千元有找。

如果你是喜欢音乐的人，这里一定可以让你很舒适，因为一进店内就可以听见流泻的音乐，同时这里还会每个月非定期举行一些小型的演唱会。

过了御幸町通，姉小路通上最值得一提的店面是 Gallery 游形。

Gallery 游形是京都三百年以上的旅馆老铺俵屋所规划的生活杂货屋，一楼是俵屋专用设计的生活杂货，二楼是寝具。
如果没有住俵屋一晚 6 万以上的气魄和财力，或许可以来这里体会一下，憧憬老铺旅馆的优雅和精致。
虽是旅馆老铺使用的概念商品，却意外的很摩登，日式的足袋一双 1050 日元，居然还有粉红底粉红花的图案，不输给 SOU.SOU。

营业时间是早上十点至下午七点，每个月第一和第三个星期二公休，旺季则整个月都营业。

既然说到俵屋旅馆，何不就从姉小路通和麸屋町通的交叉口右转，去看看老铺旅馆俵屋的模样？而在俵屋的对面是同样的老铺旅馆柊家。

不过去看这两间旅馆老铺之前，别忘了先去 Gallery 游形对面的老铺总本家河道屋，买一包可爱的花朵形状的荞麦饼干当礼物。

买了饼干，观摩鉴赏过老铺旅馆之后，继续回到姉小路通，姉小路通和麸屋町通的交叉口上，有一间很有风情的豆腐屋老铺平野屋，可以拍张照片记录京都风情，或是继续探访一间 Milly 无缘探访的咖啡屋——CAFE KOCSI。

为什么无缘探访？
是因为这间咖啡屋营业的时间实在太特别，本来是星期四定休，却任性更改为星期一到星期四定休，就是说只有在星期五到星期日营业，而且是下午三点到晚间八点半。Milly 这次在京都游逛，却总是无法遇到好时机去探访这咖啡屋，只好留给下回。

Milly 想去这咖啡屋的原因是因为看照片上咖啡屋墙上画了只猫（笑），因此极想去看看。
当然这家位于姉小路通和富小路通交叉口上的 CAFE KOCSI，不是只靠这只猫吸引人。它之所以会在京都票选最爱的咖啡屋中名列前茅，在于这咖啡屋店内的宽广舒适，以及植物、书架和生活杂货，构成热带风情的美好空间。

带着些许遗憾，继续前进。穿过富小路通看见的是淡雅风情，欧风棉质和亚麻布为主题的生活杂货屋LINNET。

散步脚步依然保持悠闲，穿过柳马场通。如果是中午可以在光泉洞寿み吃到健康的和风家庭料理，然后从姉小路通的主路线稍微离开一下，转入跟姉小路通交叉的堺町通上，去逛逛一间叫紫野和久传堺町的店。

紫野和久传堺町店，是高级料亭和久传企划的和菓子屋，一楼是售卖空间，上了二楼则是可以吃和菓子SET的和风摩登茶菓屋。
Milly想小小奢侈地上去来份茶菓SET，只是，即使是淡季也一样一位难求，因为被一团团旅行团给预约了席次，可见紫野和久传多么热门。

因为是名料亭企划的菓子屋，这里的和风菓子有很独创的风格，会加上一些京野菜，例如莲藕或是黄瓜。

然后继续回到姉小路通高仓通边，去一间颇有风味，标准町屋外观的生活古董屋姉小路高仓。

穿过高仓通东洞院通，在接近乌丸通时，看见的是很壮观的古建筑改建的大型商场新风馆。

Milly 主观地嫌新风馆只有外层有看头，内部却只是一般商场，会建议你不用多留，除非带着小孩，因为这里还颇适合合家共游。

如果你依然留恋悠闲，建议跟 Milly 一样转往新风堂对面一八〇四年创业的京菓子老铺亀末广，进去晃晃，看看那美丽干菓子放在杉箱内，像是四季庭园缩图的模样。

逛完三条通和姉小路通后，建议还可以越过乌丸通，到三条通和姉小路通间，两替町通边上的文椿大楼逛逛。

文椿大楼兴建于一九二〇年，是当时较为少见的木造洋风馆，二〇〇四年十月，这间原本是贸易行后来改成和服店的建筑，改建成现在的复合式商业大楼。一楼及二楼内有餐厅咖啡屋，还有各种设计杂货屋和展览空间。

比较常被介绍的是二楼，高天井吊着古典吊灯的餐厅 Neutron，建议来这里吃午餐，费用在千元上下，如果是晚餐套餐的费用就要 2500 日元以上。

Milly 当天在游逛过文椿大楼很有味道的楼梯间和设计风的小店后，选择在一楼的绘本咖啡屋 TRACTION 喝下午茶小歇。
下午茶时间是三点到六点，点了法式土司套餐，750 日元。
Milly 对绘本咖啡屋是很难抗拒的，尤其是这里的绘本还有不少是已经绝版的古董级绘本哦。
Milly 很喜欢这家咖啡屋窗户边，那一串串画上去的可爱“心心”。

同样在一楼的汤叶カフェこ豆や（Komameya Café），更是风格独特的咖啡屋，料理和点心都是用京都风的汤叶（豆腐皮）为材料制作，人气料理还有豆乳乌冬面，只是 Milly 豆腐偏食没去尝试。

# 木屋町<br>高濑川岸游逛

木屋町通基本上是沿着高濑川边的道路，不宽阔，车流量也不是那么大。说是游逛木屋町通，主要指的是沿着高濑川散步。

木屋町通为什么叫作木屋町通？
因为当年高濑川有运河功能，船只运送着木材到两边的仓库，于是慢慢地高濑川沿岸就被称为木屋町通了。

原本木屋町是夜生活和晚餐的热闹区域，Milly 的一人旅行不适合夜游，因此这里说的是白天的木屋町风情。
另外，高濑川周边有很多新选组、坂本龙马等故事的遗迹纪念碑，也不是 Milly 的兴趣所在，不好意思也跳过。

Milly 的木屋町高濑川沿线游逛，是以相当推荐的旅馆京都ロイヤル旅馆开始。

京都ロイヤル旅馆位于御池通和河原町通的交界，Milly 把这旅馆归在高濑川区域，因为从旅馆大门右转出去一分钟不到就是高濑川。

推荐这家旅馆是因为它位置真的很好，河原町通、御池通和三条通的京都主要闹市区都在步行范围，寺町通和京极商店街也在附近。
转搭京阪电车和公交车也很方便，地铁站“京都市役所前”就在旁边，脚程好些，走到祇园也不是那么远，当然要游逛木屋町通也是很好的起点。

最重要的，这间五星级饭店在淡季经常有网络特惠项目，Milly 曾经住过单人房一晚 6500 日元，原价是 16000 日元。
而这次住宿两晚，一晚 7500 日元还加上一天的早餐，房间是双人睡的大床单人使用，原价 20000 日元。
白天从旅店出发到观光区游逛，黄昏或晚间回到旅馆也可以再出发在周边游逛，在市中心区绝不会无聊。

高瀬川漫游。顺着高瀬川前进，第一个目标是那间可爱的蛋糕屋 Quil-Fait-Bon。

高瀬川上架着一座座不长不宽的桥，连接着几条大路，以这些桥来确认地点方位最不容易迷路。
Quil-Fait-Bon 京都店位于姉小路桥和惠比须桥中间，这间以水果塔出名的蛋糕屋，在东京青山和代官山都有店面，没想到在古都京都也有分店，所以发现时真是惊讶。

意外的是如此可爱的蛋糕屋，在高瀬川边却是如此和谐。

Milly 在中午十一点过一些的时候到达，因为要选一个能面对高瀬川的好位置。川流缓缓，浓密树梢遮住高瀬川边的行步道和人潮，完全隔绝了都会的尘嚣，甚至有位于森林小屋的错觉。
点一杯矿泉水（因为之后有过多的咖啡计划），一个秋天主题的南瓜水果塔，翻翻数据，规划接下来的路程，好时光可以自己获得。
营业时间是上午十一点到晚上八点，全年无休。

惠比须桥过来的下一条桥是三条小桥，在三条小桥边有 Milly 每次到这一带一定要去瞻仰一下的建筑，就是安藤忠雄先生设计的 TIME'S。

当初安藤忠雄先生收到这设计案时，首先就想到，既然是在有历史的运河高濑川边，就一定要充分显示这特色。

于是将一楼的部分以最极限的可能贴近高濑川，几乎已经跟川面平行。

可能是 Milly 一直都当它是安藤忠雄的作品来看，所以即使来来回回路过好多次，却一次都没在里面的咖啡屋和餐厅消费过，只是站在桥上眺望。

继续往前穿过四条通，会看见一栋很法兰西风情的咖啡屋，フランソワ（弗朗索瓦）。
木屋町通和四条通交叉点附近的フランソワ咖啡屋，外观很洋味，那是因为学美术的店主在一九三四年买下了自宅旁边的屋子，然后请当时在京都大学留学的意大利人所设计和兴建的。
所以在当时也是很显眼的存在，是绅士淑女们约会的场所。
或许因为是意大利人所设计，室内的天井是圆拱形的，宛如欧洲教堂的缩影。
这栋建筑已经列为“固有文化财产”，在咖啡屋来说是很特殊的荣耀。
营业时间是上午十点至晚上十一点，除元旦新年期间全年无休。
弗朗索瓦咖啡屋的附近还有同是在木屋町，但是暂时歇业的ソワレ怀旧咖啡屋。

经过四条通往下走，高濑川边木屋町路段大约都是旅馆料亭餐厅，其中 Milly 推荐的是一间以葱料理为主的居酒屋——葱屋平吉。
就位于高濑川边，是民家町屋风貌，靠川边的用餐位置是极佳选择。

这个路段基本上是夹在鸭川和高濑川中间，所以用鸭川上的大桥来界定会更清晰。像是葱屋平吉就是在过了鸭川上四条大桥的团栗桥的高濑川河畔。你也可以转到鸭川河畔找间有风味的料理屋，像是这间 Asian Libra 就有面向鸭川的露天座，气氛似乎不坏。

只是 Milly 毕竟是咖啡屋一族，所以继续前行，经过松原大桥、五条大桥、七条大桥，到鸭川和高濑川之间的 efish（这咖啡屋的体验放在《京川岸》一章）。
沿路散步倒也不会无聊，看看高濑川的风味，好奇探头看着各式餐厅，还有川边老旅馆的风情。樱花季节这里可热闹了，因为高濑川两边都是樱花，站在高濑川的小桥上看着樱花应该别有风味。

# 京态度

# Manner

京都人是怎样的态度，对于自己还有他人。
而非京都人又是怎么看京都人，这里想分享的就是可能略为主观的Milly京都态度观察。

## 京都检定

是京都观光文化检定的简称，据说是近年在日本白领间颇为风行的资格检定。
总共有一至三级，考的是关于京都的文化观光和历史。
每年都有将近上万人参加，比东京检定热门得多。

究竟京都检定到了一级可以怎样，Milly不了解，只是想，如果获得一级的京都检定资格，自然就是理所当然的京都通了。
其实很多人真的只是自我满足，希望测试自己对京都的理解程度。

题目，例如一级的考题。
“上御灵神社除恶去邪的和菓子是什么？”
“天龙寺庭园的设计者是谁？”之类的题目。
如果有京都咖啡屋检定，Milly或许会想振奋地参加一下，至于京都检定，就饶了自己吧。

# 京都的一见さん文化

要说到大家好奇的京都祇园花街或是お茶屋游び，就要先来一些名词解析。
花街可以说是风化区，但这里色情的成分少，交际玩乐的性质较高。
而更京都的说法应该是“お茶屋游び”，就是在茶屋里吃饭饮酒作乐（或是美其名为交际应酬）时，请舞伎和艺伎来助兴，姑且称之为风雅的行为。

年轻的“舞伎”就称之为舞子。
“舞伎”就是在宴席上跳舞助兴的艺者，艺伎是泛指在宴席上以舞蹈和乐曲助兴的女艺者。

如果看见伎，就大笔一挥说是妓女，似乎就有些不敬了。
受大老板资助或包养，那是个人行为。但请艺伎或请舞伎，千万不要粗鲁地跟招妓画上等号。

京都主要的五大花街是先斗町、祇园东、祇园甲部、上七轩和宫川町。
而艺伎屋群集的区域，就是花街。

C-club
営業中
京料理

在“お茶屋游び”这颇有历史的京都交际形态里，有着很多微妙的逻辑，让人好奇地想一窥究竟。但即使是日本人都很难踏入这微妙的游乐规则中，更何况是外来观光客。

首先挡住这世界的一面大墙就是“一见さんお断り”，一见さん是第一次到店里的客人，“一见さんお断り”就是拒绝生客，是一种只收熟客的游戏规则，很像是私人俱乐部的逻辑。

有人说，很多人对京都的负面印象之一就是一见さんお断り，谁都有第一次，只收熟客不就是关门拒绝客人吗?
可是说穿了，在京都纯粹“一见さんお断り”的料亭或茶屋，其实只是少数中的少数，而且大多集中在祇园的花街区域。
为什么要有“一见さんお断り”的规则?这是希望熟客能玩得轻松尽兴，不会因为一些不知状况的人加入，坏了场面和规矩。

人都有第一次，如果先由熟客带进去，下次自己去时，对商家来说就不是“一见さん”了。

不过如果没认识有力的京都人，却又非常好奇这舞伎和艺伎世界，也并非毫无方法和途径。
原来京都观光协会跟一些大型的旅行代理公司合作，利用京都冬季观光淡季，推出了一日体验的お茶屋游び，据说报名者踊跃。
要付茶屋的餐费，还有舞伎和艺伎的费用。通常艺舞伎花代大约 4 万日元至 5 万日元。

再说回“お茶屋游び”，为什么是茶屋?
基本上，包下来办宴席的场地就是茶屋。但通常并不是你到了茶屋，里头就有艺舞伎，而是茶屋帮忙代叫。
还要再三提醒的是，到了茶屋就说要叫艺舞伎助兴也是行不通的，因为“一见さんお断り”，除非你参加了上面所说的旅行团活动。

挂着艺舞伎名牌的町屋叫作置屋，只是近年来据说多了种置屋兼茶屋的营业逻辑，就可能会在茶屋外看见艺舞伎的名牌。

不过在这商业社会，没有钱做不到的事。实际上网看看，不透过观光协会，新手上路一样可以进入这神秘的、似乎门槛很高的艺舞伎世界，那就是透过某些高级料亭或代理公司预约。

网站上显示，如果两个人要体验京都高级料亭加上艺舞伎助兴（而艺舞伎舞蹈游唱没音乐也不行，就还要一名三味线伴奏者），计算下来，以最基本的两份餐，舞伎、艺伎各一位和三味线伴奏，就是大约 20 万日元，不含心意小费哦。

不过如果你说这样就不是真正的お茶屋游び，Milly 也绝对同意。美好的传统的确就是会因为神秘和坚持渐渐遭到破坏，而失去了真髓。

# 在京都最风雅的旅游方式是乘坐TAXI？

乘坐出租车听起来很奢华，可是如果人多，其实偶尔小小宠爱自己一下也不错。只是前提可能是要会听日文。或许有会讲英文的司机，在京都这国际观光都市可能性其实未必很低。

我们以一个很可爱的京都出租车车行为范例。
YASAKA TAXI，中文应该翻成八坂车行吧。
http://www.yasaka.jp/

这车行的标志是酢浆草（三叶草），同样的四叶就是幸运草。
在出租车车队里，部分车顶上会出现幸运草。运气好呼叫车，看见车顶上是四叶的幸运草，当然是幸运了。

要包车旅游，如果四个人想来一条义经路线，一至四人是21960日元，鞍马寺—清水寺—五条大桥等，费时约六小时。
司机会一路解说，放你们在最接近的地方下车，然后在定点接你们。

四人分摊，一人 5490 日元。
的确不能大声说便宜，但绝对是最舒适的旅行方法。

除了义经路线，还有所谓平家物语和悲恋路线。
悲恋路线是 14640 日元，费时约四小时。

每次去京都在寺庙前看见这样等在门口的观光出租车，很羡慕。
可惜 Milly 旅行几乎都是一个人，一个人包一辆车，太奢华了。
两人就适合，偷情？！（幻想膨胀中。）

出租车游京都，可以从三小时 10980 日元的路线开始体验，三十三间堂—二年坂—三年坂—高台寺，是经典路线。

如果你要更奢华升级，可以见识一下 MK 出租车。
http://www.mk-group.co.jp/

因为这出租车行在日本大都市都有分社，他们甚至推出了一套服务：在东京用车接客人，送客人去东京车站，搭新干线头等舱去京都，两天一夜住宿名旅店，含中餐、晚餐、早餐，以及出租车游京都名寺。
旅程结束再送客人去车站搭车回东京，最后送客人回家。
十一月京都枫叶最美的时候，两人同行的 MK 风雅之旅，一个人的费用是 223000 日元，奢华！

不过，不要因为这奢华的气势而气馁了，在京都路上的 MK 车行普通出租车，还是可以招呼坐坐看，起步价 590 日元。

# 京都方便事情

“狗狗的粪（注：大的），请自己带回去处理。”
当然这不是写给狗狗看，请它自己处理，而是请主人要自爱。
这是京都人对公共道德不失文雅的警语。Milly 想，以京都人的京态度，应该不至于写出“狗乱大便小心告你”“再乱大便杀了你”之类的字，毕竟是京都。

虽说或许有些不文雅，这里就转个弯，说说京都人的嗯嗯。

首先是观光信息。那天在京都游览，突然内急，在绝望之际看见了，在宽广御幸町大通一栋光鲜亮丽的现代建筑上，居然挂着观光厕所的指示。
进去试用（急用？），真是明亮又干净。
所以如果你刚巧在御幸町大通游览，又刚好有需要，请留意这指示牌。
顺便一提，御幸町大通也是每个街口指示牌最清楚的路段。
然后，这是国际观光客最多的清水寺的公用厕所，在女厕很国际化地写了三国语言，日文、简体中文和韩文。
多少有些歧视，因为没英文。

同时在和式厕所里有这样的图示，因为洋观光客总是弄不清头要向着门还是向着墙。

以指示牌的逻辑上来看，似乎显示，东方人不习惯处理女性生理用品，西方人则搞不清蹲式厕所的奥秘。

而在 COCON KARASUMA 古今乌丸的洗手间，看见这种贴心的标志，就是一边是女厕，而另一边的空间是让带着小孩的女性使用。
图案一个大女生一个小女生，当然如果是男宝宝，一样可以在这里喂奶和换尿片。

每一个地方，尤其是风格餐厅和气氛咖啡屋，厕所也是整体质量的一部分。WC 失格，相对的，对这空间的印象也会扣分。

# 京利益

# Prayer

ご利益，先来解释这个日文。

“ご利益があった”。

等于“私の祈りが叶った”，我祈祷的愿望实现了的意思。

所以 Milly 在这里界定出（当然是自己的名词定义），所谓京利益就是在京都的寺庙里祈愿，然后希望愿望能够实现，这包含在京都的寺庙求一个（买一个？）お守り（护身符或御守）。

京都的寺庙这么多，当然包容着各种期望的“ご利益”。

Milly 这回的做法是，与其买京都的甜点回去作礼物，不如想着身边的人，猜想他们的期望，帮他们买一个可随身携带的护身符，只是要小心不要自作主张哦（笑）。

## 平安神宫

平安神宫让人印象深刻的是那大大的高耸的红色大鸟居，原来是一八九五年为了纪念平安迁都一千一百年所建。很喜欢气势非凡的平安神宫殿堂，而且只要不进庭园，偌大的范围也不收拜观料，真亲切。这里有名的御守是开运除恶桃守，一个桃子挂个铃铛，很可爱的造型。

为什么是桃子？
原来桃子的木边是兆，吉兆的木自然可以带来好运。
Milly 买的是金桔御守，有吉的木，保平安和健康，给父母随身携带。

## 铃虫寺

说到铃虫寺，便会想到一进门就听见“铃铃”的虫声，其实没有。被引导进室内，惊见一堆人正坐在放了茶以及和菓子的桌前，大家全神贯注，时而会心一笑地听着老住持说道理。
Milly 搞不清状况，匆忙坐下，拿起相机拍照，立刻被住持温柔地阻止了，有些小尴尬。终于定下心来听着似懂非懂的说道，这时听见了“铃铃”的虫声，原来正面正是一箱箱饲养的铃虫。还真是

悦耳，不由得更听不进去住持的讲道。其实住持讲道似乎很幽默，只是 Milly 没能完全吸收，可惜了。说完道才拿出大家期待的幸福お守让大家购买，一个 300 日元，住持强调这御守是只能自己用，不能求给他人。

一个御守一个幸福期望，贴身带着，愿望实现记得要回到寺庙参拜哦。

于是这个幸福御守就放在 Milly 的随身皮夹内，只是迷糊地有些忘记祈的是什么愿，这可怎么好呢。

## 仁和寺

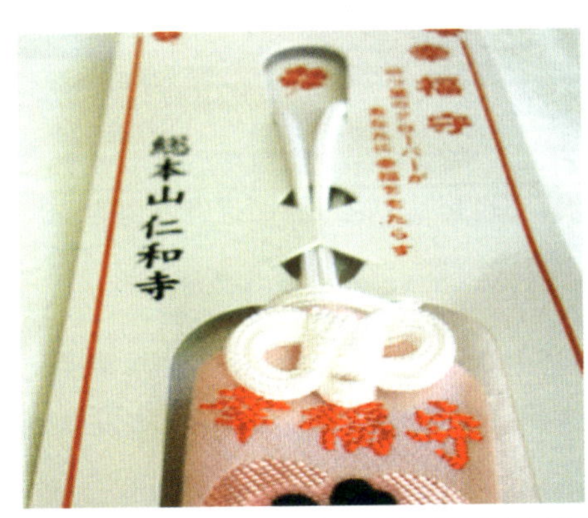

仁和寺也有幸福御守，一片娇润粉红的、四瓣的幸运草，非常意念坚强的幸福御守。仁和寺是八八八年兴建，光是这八八八就是好兆头，哈。

另外仁和寺是京都的赏樱名所，Milly 就曾经在这里买了一个非常美又可爱的樱花御守，不清楚保佑什么，只是以为很美就好。

Milly 这次还在仁和寺帮喜欢猫咪的朋友买了一个可爱的猫咪御守，是招财的意思。但 Milly 以为猫咪造型粉润可爱，用来保佑自己养的猫咪应该也不错才是。

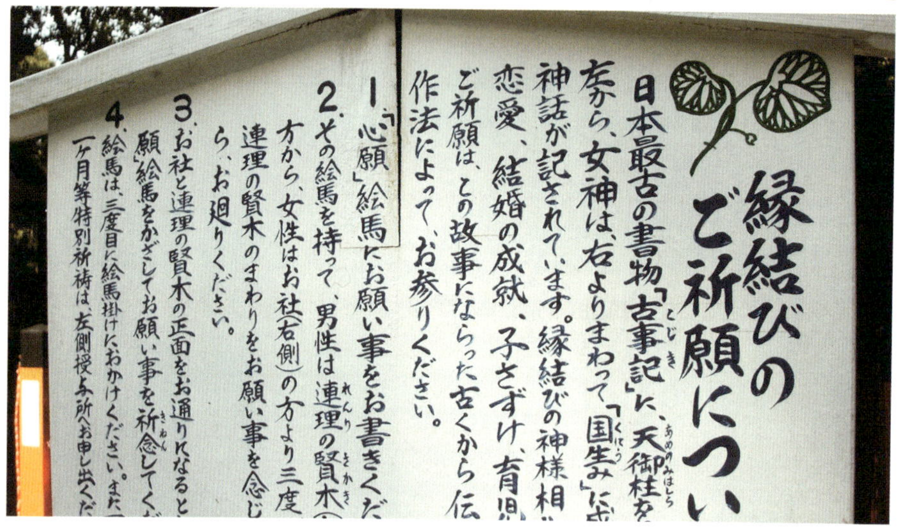


## 下鸭神社

论粉红美丽让女生爱不释手的，下鸭神社的媛守也是其中之一，而且最可爱的是，每一个粉红御守的花纹图案都不同。

但是在下鸭神社更受年轻女性欢迎的，该是社内祭祀糺ノ森的相生社。简单来说，这相生社祭祀着两棵纠缠在一起的树木，女孩就来这里祈愿跟心仪的人也可以结为连理。

将心愿写在绘马上，挂在神木前，祈求恋爱成功。

但是可能有些是“地下情”？很体贴的庙方让一些人贴上白纸盖上心愿，真是贴心的想法。

Milly 买的是很特别的结缘御守，两个御守一组，给即将结婚的朋友，两两相依的御守看起来就会美满的样子。

## 六角堂

六角堂位于六角通的闹市区，是一个不怎么起眼，但很有历史地位的寺庙。
因为这里有造型特别的幸福鸠みくじ，可爱的模样被女性杂志频频介绍，于是让很多女生循图专程而来，就是要买这个500日元的幸福鸽子签，Milly也是其中一人。
就在热闹的三条附近，逛街用餐后散步过来很轻松。
鸽子衔来的是一个纸签，而不是象征和平的橄榄叶。但是要注意，签可不见得都是上上签，只是指引一个幸福的方向，例如：愿望有实现的方向但是不要急之类的。
看在鸽子造型可爱的分上，就随它说喽。

六角堂不但有可爱的鸽子签，还有可爱的十二生肖土制铃铛。
Milly 买了一个兔子，因为要搜集兔子造型。还买了一个猫！
猫？十二生肖没猫，店员说是狗，细心解释着，但是 Milly 坚持是猫！哈，店员只有苦笑，但真的很像猫，是不是？

## 八坂神社

到京都观光几乎都会经过八坂神社，但女性可要留意，这里有让你美丽的神水。

八坂神社原来的名称是牛头天王社或是祇园社，一八六八年才改成现在的八坂神社。

女性朋友来到这里，除了抽张恋爱签，还建议去境内的美御前社祈求一个美美的愿望。

这里祭祀的是市杵岛比壳、多岐津比壳、多岐理比壳这美女宗像三女神，本来以爱和美为宗旨，保佑大家心灵美化，但是渐渐却演变为也可以祈求美貌。

花些钱买一个 1000 日元的美守，保佑自己美丽永远。

美御前社前还有美容水，据说喝了会让肌肤美丽健康，更进一步心灵也因此纯净起来。

## 泉涌寺

如果还希望更美，美御前社之后，再去泉涌寺，求一个印了杨贵妃观音像的御守。首先要花 500 日元拜观料，进入东山区也称为“御寺”的千年古寺泉涌寺，先按捺住心情，观赏一下泉涌寺的国宝级神殿，然后再转往一旁祭祀着杨贵妃观音像的小小观音堂祈愿美丽。

这里的杨贵妃观音像，可是一二二五年从宋朝的中国运来的，非常法相庄严又婉约美丽，可惜不能拍照。好在这里的御守就印着很特别的杨贵妃观音像，不能拍照也可以留下印象。

只是 Milly 有些迷惑的是，不论是美御前社的美神或杨贵妃的图像，都是有些丰腴的美女，会不会祈求后也变成丰腴的美人？

## 晴明神社

祭祀阴阳道祖师安倍晴明的寺庙，里面的御守都有晴明的五芒星图案，原来这是安倍晴明独创的图案，称之为晴明桔梗。也就是因为这样，晴明神社种满了桔梗花。

Milly 买的是向上お守，显而易见的黄底一个红箭头向上，自然就是事事高升。
更深的意义，在阴阳五行里，黄是土，红是火，勉励不论事业和学业都需要像土和火一般锲而不舍的气势方能成功的意思。

在京都市公交车的窗户上，Milly 看见安倍晴明的晴明桔梗星形图案，原来京都果然是京都，公交车巴士的运行安全是安倍晴明负责的。

## 八坂庚申堂

这里的祈愿不是写在绘马上，而是钓上くくり猿。
くくり猿看起来像是玩耍的布包，其实是模拟猿猴手足被捆绑着不能动弹的样子。

猿猴不能动意味着怎样的祈愿？

原来猿猴被说是人的原形，绑住的猿猴就是压抑住欲望，压抑欲望就是完成目标的第一步，所以这里才会在祈愿时挂上くくり猿。

除了这些鲜艳看起来还很热闹的くくり猿串，这里还有超级可爱的指猿。
买一个 200 日元的指猿，不是当作摆饰，而是祈求技艺上达，因为猿猴看起来精明灵活。
这里的每一个指猿都是同一个人的手工作品，由土铃作家小山秀岳制作，每个指猴表情都不同，可以留意一下。

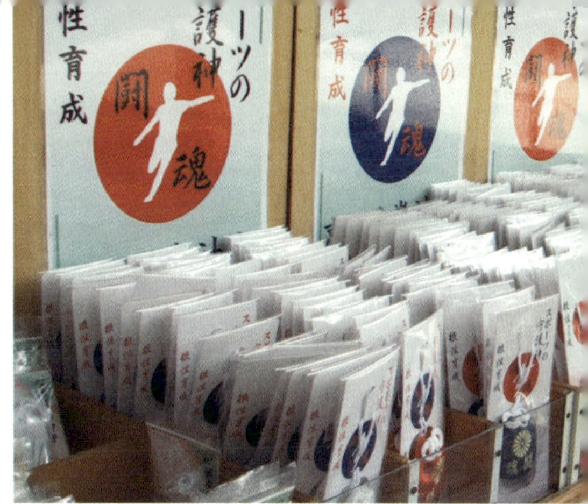


## 白峰神社

技艺中再细分，如果希望球技上达，就要来到这白峰神社。
Milly 无意间路过今出川通，看见这放满了球的寺庙，询问之下，才知这里原来是期望新赛季表现能更好的寺庙，有意思。
资料上说，这里祭祀的是球技之神精大明神，日本的神仙分工看起来很细。
另外，鞍马寺也是可以保佑球艺精进的寺庙。

## 誓愿寺

位于新京极的誓愿寺，看名称以为这里一定是保佑爱情誓言，但其实是用扇子来祈愿。一个个看去，都是希望自己能在演艺圈发达和成功，原来是一个保佑艺能上达的寺庙。

## 上贺茂神社

另外也是非常功能性的，在上贺茂神社祈求的航空安全御守，不用多做解释，就是字面上所示的保佑飞行安全。

## 矢田寺

矢田寺又称矢田地藏尊，在寺町通商店街上，里面吊挂着很多可爱的布偶，原来的题旨颇严肃，是要救赎地狱的罪人。但是也不用过于紧张，这里也保佑诸事顺利，诚心最重要。

## 三千院

这是买于大原地区三千院的御守，想买给一个有梦想的年轻人。
或是希望他能更勇敢地去拥抱梦想。
健康、爱情、财富、地位……都比不上拥有梦想更让一个人丰富。

御守上面写着梦～叶う守，就是保佑梦想实现。
在京都很多寺庙都有这样的御守，看见“梦”的字样，就是保佑梦想的。

# 京计算

# Plan

要在京都更优雅、更风雅地移动和消费情绪，不只是浪漫就好，基本的现实努力还是要有的。
住在哪个区域的旅馆最便利，怎么善用京都的巴士和乘车券，怎么让自己更轻松地移动行李等技巧，是 Milly 以下要分享的经验。

## 京 都 的 巴 士

据说搭地铁游京都很受欢迎，的确不可否认，搭地铁没塞车问题比较方便，但 Milly 是车窗愉快浏览派，闷在看不见外面城市风景的车厢，会减少了旅游的乐趣。

因此还是会尽量乘坐巴士旅行京都，但京都的巴士真的很“坏坏”哦！
哈哈，这是一本日文杂志对京都巴士的评语：“京都のバスってばいぢわる。”
いぢわる就是“意地悪い”的可爱说法。

为什么京都的巴士真的很坏坏喔？
因为很复杂又难记，“市巴士”“京都巴士”“京阪巴士”“JR 巴士”。
然后，该买哪一种乘车券比较有利，也不是那么容易马上决定。

OK，如果怕麻烦，会建议这样简单解决，就是利用“市巴士”就好。
毕竟市巴士是最方便前往京都观光区的系统，一段公交车是 220 日元，观光初学者买张 500 日元的“市巴士一日乘车券”，就非常够用。
另外记住一个口诀京都观光へ GO（5）

在京都观光就利用五号公交车，五的日文发音类似 GO。
五号公交车从京都车站出发，会经过四条、河原町、平安神宫、南禅寺、银阁寺等等。

如果你想来一个京都风味巴士车窗之旅，就建议在四条河原町搭乘市巴士 201 循环线，以京都御苑为中心，来个方格棋盘式绕个四方大圈。
另外，记住去洛西西阵和北野天满宫是 203。
往金阁寺是 205。

Milly这次将近十天的京都移动，几乎每天都是买一张500日元的乘车券，一张巴士地图在手，非常便利。通常一天大约上下巴士五次，就是说，本来是1100日元的车费，500日元就搞定。

其实还有更简单不用动脑筋的京都观光一日乘车券，1200元；京都观光二日乘车券，2000日元，可以乘坐所有京都区内的市巴士、地铁和部分路线的京都巴士，只是Milly个人以为500日元的已经很足够，一天之内其实也不用这么大区间的乘车券。

只是要留意，500日元的市巴士一日乘车券，有一定的使用范围，超过区间就要补差额。
原则上蓝底数字的市巴士都在区间内，白底黑字就有区间限制。
另外，要留意不要坐上京都巴士，两者的车身其实还颇类似，容易混淆。

Milly会建议隔开每天移动的范围，例如这一天都安排在市巴士区间内，然后要大范围移动就考虑用京都观光一日券，要去高山寺就用JR巴士的区间乘车券，要去鞍马和贵船，京阪电车乘车券最适合，而要去大原就是阪急电车的乘车券最好。

像那天Milly住宿大阪，买了张阪急电车发售的“いい古都チケット”1600日元的乘车券，先从大阪出发乘坐阪急线到河原町，再转京都巴士到岚山，在河岸边眺望着渡月桥，吃着在大阪车站买的早餐，在岚山经由天龙寺散步到野宫神社附近

的竹林隧道。

接着转乘京都巴士去铃虫寺，买到了幸福的护身符，再乘车到四条河原町，预备转车去大原之前，还利用空当在高岛屋买了便当，要在大原野餐。

同样乘坐京都巴士前往大原，路程约四十分钟，光是这段来回的车票费用就是1020日元，加上大阪京都来回，1600日元的乘车券就回本多了。

去了大原之后，Milly还去了出柳町，去了荒神口，最后回到河原町买了晚餐。

总计下来，实际车费是2620日元，但是一张乘车券1600日元，O K。

不过唯一可惜的是，这好用的乘车券只能在每年十月一日至十二月十八日使用。

同样也是在期间发售的，还有京阪电车的“京都花まるチケット”，1700日元。

旅游京都多数人希望就住在京都，但京都住宿在旺季并不好掌握，所以Milly会建议有几天可以住在大阪，这样白天是京都古都风情，晚上再享受大阪都会，是不错的气氛转移。

# 关于行李移动

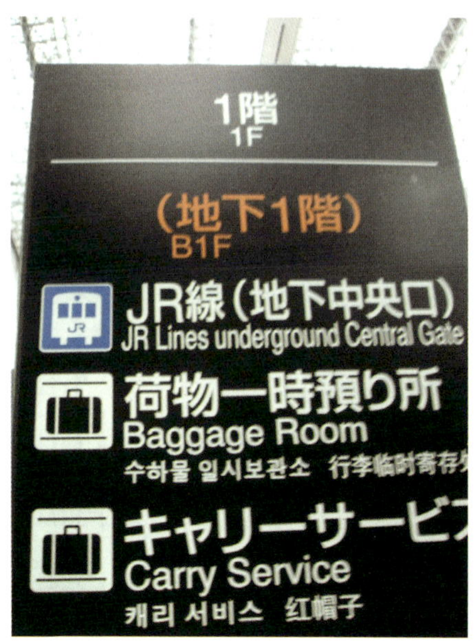


首先，最理想的状态是旅行中就住在一间旅店，不用移动行李（当然跟团就完全例外）。

但有时为了迁就观光区域，有时单纯为了想多体验一些不同的旅馆，或像 Milly 有时只是为了网络订房的便宜，会决定日日迁移。

寄放行李，为的就是要轻松旅行，懂得计算路线和运用，会让自己更愉快。

出发之前 Milly 做了各种计算。

首先最简单的是把行李放在车站的寄物柜，这是花钱的方式。

不花钱就是退房登记后，把行李寄放在原旅馆，回头再把行李拿到下一家旅馆。

也可以直接先把行李放在当晚要住的旅馆，再出去玩。

另外，现在很多观光区的大车站，都有帮忙运送行李到旅店的服务。

如此你就可以顺线旅行，不用专程回车站拿了行李再前去旅店。

京都也有这样的服务。

但是不能轻易就接受，还是要算算哪个方便，哪个省钱？

例如，Milly 从大阪至京都，一大早要先去观光。如果饭店就在车站的步行范围内，可以辛苦一些，先把行李寄放好再回车站出发，优点是不花钱，缺点是累。把行李寄放在车站，玩回来再拿行李，优点是马上可以出发，缺点？花钱。寄物柜估计是 400 日元，如果皮箱大就要花到 500 日元。

那如果是京都车站的“托运服务”（Carry Service）行李运送到旅店的服务，一件是 750 日元，表面上看起来比较贵。
但如果住宿的旅店比较远，那么，要回到车站，拿出行李，还要拖着搭地铁或公交车，上车下车的，想到都累。
相对的，一身轻便地去旅馆，抵达时行李也到了，的确是不错的感觉。

实际体验！
这次很充分的使用了“托运服务”，感觉真是非常便利。
首先从京都车站使用“托运服务”把行李运到第一间旅馆，然后第二天再透过旅馆的同一系统将行李运到下一间旅馆，如此顺利进行，最后一天住在车站附近，简单地拖着行李去车站，回到大阪搭机。
所有行程几乎都可以很轻松地背着小包包移动，好像你的身边有个总管帮你打点大行李一般。
虽说或许多花了一些钱，但是多了轻便，绝对值得推荐。

京都车站的“托运服务”在地下一楼，早上八点到下午四点之间可以托运，在下午五点以前会运送到你的旅馆。

但并非所有区域都提供运送，如果住在鞍马、伏见或是贵船、宇治等地区，就没办法了。

有兴趣可以上网查看。
http://www.carry-s.com/html/goriyou.html
真是有钱好办事。

# 结语

# 吃故事的京都

不是第一次去京都，却每次都好像是第一次。
因为每次都是不同的心情不同的角度，然后在不同的年龄之下。

记得那一年去京都，是多少年前记忆已经有些朦胧，只知道那时的京都对于 Milly 来说，清水寺是一定要去的地方。
那时还年轻，日文又不通，对京都都是一般观光书上的印象，即使不喜欢吃豆腐，还是逞强心痛地花了一千多日元在清水坂的入口吃了京都豆腐套餐。

然后，看见了，这间小小的在二年坂（或称之为二宁坂）石阶边，很有风味的甘味屋かさぎ屋。
即使对京都还是如此陌生又懵懂的时期，这间小小的甘味屋也让 Milly 直觉，这一定是一间有故事的老店。

于是鼓起勇气进去，指着门外餐点的图片，点了道加白色糯米丸子的红豆汤，当然现在知道这京都甜品叫作京都ぜんざい。
ぜんざい汉字是善哉，夫妇善哉的善哉？
夫妇善哉的善哉是好感觉的意思，但是在关西，ぜんざい则是指红豆汤。

喝了这碗小小的京都红豆汤，不骗你，这么多年之后，Milly 的味觉记忆中，还清楚地记忆着那微妙的大人的和风香料的味道，后来才渐渐知道那是紫苏的味道，没错，因为有放紫苏种子。

这次再来京都，就想一定要重温这段美好的记忆。
想用现在的心境，用 Milly 的镜头再次捕捉这间小小店内，温柔缓和的怀旧风情。

但是很不巧，来到二年坂的这一天是星期二，かさぎ屋公休，于是 Milly 的记忆不能更新，还是停留在美好的过去。

或许这也是另一种保存记忆的美好方式。

就是这样，Milly 在每次的京都之旅中，都会留下了一段段的记忆。
然后只要再次踏上京都的石坂路，这些记忆就会这样美好的重新浮现。

同时因为写这本书，Milly 走了很多地方，知道了更多关于京都的故事，强烈体会**京都真是一个吃故事的地方**。

于是 Milly 会很幸福地想着。
以后只要再次踏上京都的石坂路，那些浮现的记忆，就会是这些地方的故事，以及 Milly 体验的自己的故事。
真好 ~ 对不对?

也希望，透过这本书，你出发了。
然后你拥有了自己的京都故事，在千年京都的故事中。

图书在版编目（CIP）数据

Milly 的京都私路 / Milly 著 . -- 北京：中信出版社，2017.6

ISBN 978-7-5086-6995-3

Ⅰ . ① M… Ⅱ . ① M… Ⅲ . ①游记 – 作品集 – 中国 – 当代 Ⅳ . ① I267.4

中国版本图书馆 CIP 数据核字 (2016) 第 274344 号



Milly 的京都私路

著　　者：Milly
出版发行：中信出版集团股份有限公司
（北京市朝阳区惠新东街甲 4 号富盛大厦 2 座　邮编　100029）
承 印 者：北京华联印刷有限公司

开　　本：720mm × 970mm　1/16　　印　　张：15　　字　　数：199 千字
版　　次：2017 年 6 月第 1 版　　印　　次：2017 年 6 月第 1 次印刷
版贸核渝字（2010）第 213 号　　广告经营许可证：京朝工商广字第 8087 号
书　　号：ISBN 978–7–5086–6995–3
定　　价：58.00 元

图书策划：楚尘文化


服务热线：400-600-8099
投稿邮箱：author@citicpub.com